Die zweifarbigen Schuhe
und andere Bewegtheiten

Erzählungen

Die zweifarbigen Schuhe und andere Bewegtheiten

Erzählungen

Paula Tietze-Fritz

*Bibliografische Information der Deutschen Nationalbibliothek:
Die Deutsche Nationalbibliothek verzeichnet diese Publikation in der
Deutschen Nationalbibliografie; detaillierte bibliografische Daten sind im
Internet über http://dnb.dnb.de abrufbar.*

*TWENTYSIX – Der Self-Publishing-Verlag
Eine Kooperation zwischen der Verlagsgruppe Random House und
BoD – Books on Demand*

© 2018 Paula Tietze-Fritz

*Herstellung und Verlag:
BoD – Books on Demand, Norderstedt*

Cover Design: Kevin Dresser

Cover Art: Kelly S. Williams

ISBN: 9783740747763

INHALT

Handgestrickte Bilder 11

Hochzeit machen 11
Das Vermächtnis 14
Von Kirschen und tränenden Herzen 19
Roller, Stelzen und mehr 22
Komm, lieber Mai 26
Oberstolzer Herr 27
In der Vogelhecke 28
Alle Jahre wieder 30
Strumpfbänder, Leibchen und ein Badespaß 34
Kleine Geheimnisse sind still 37
Die kleine Schule 38
„Man muss!" 40
Schulmädchenhafte Erinnerungen 43
Tanzen braucht man nicht zu lernen 47
Die Freuden der Pflicht 49
Eine kleine emotionale Intelligenz 52

Nachgedachte Welten 55

Wenn sich etwas Heimat nennt 55
Kleine Kontakte muss man suchen 60

Daheim im world wide web	61
Geh hinaus, Franziska	63
Das schöne Auto	64
Fuß-Spuren	65
Mitten in der Natur	68
Turnaround	71
Songs und ein Posaunenchor	72
Die alte Holzbank	75
Von der Chance, sich zu entdecken	77
Ein Stein am Wegesrand	81
Kapellen, Burgen und bunte Gärten	84
... und ein Choral	85

Weites buntes Land — 87

Mittendrin	87
Eine Stadt und ihr Park	90
Oben auf den Felsen	92
Eigenwillige Straßen	93
Von jedem Ort zu jedem Ort	97
Hallo, Lady Liberty	103

Große und kleine Stadt-Gelegenheiten	108
Ein Bahnhof und ein Sternenhimmel	109
„Highlights"	113
„Aus"-Flüge sind schön	115
Stadt der Engel	116
Goldener Glanz	118
Der eine Hügel	119
Wie ein Bilderbuch	121
Ein breiter Fluss und seltene Tiere	124
Die sternförmige Mauer	125
Eine kleine hölzerne Bahn und das Meer	127
Zwei Septembertage lang	130
Kitty freut sich	131
Das Herz seiner Bürger	133
Ein Zentrum, weltberühmt	135
Gedanken am „Tag davor"	137
Der zweite Tag	140

Die zweifarbigen Schuhe — 141

Sitzlandschaften	141
Mit leichter Hand	143
Praxisnahes Lernen	145
In der schmucken Stadt	148
Durch die breite Pforte	150
Die nette Eisenbahn und eine Schultasche	152

Nach getaner Arbeit	157
Das weißhaarige Paar	158
Mann in den besten Jahren	160
... und ein klein wenig grün gesprenkelt	161
Die zweifarbigen Schuhe	164
Ein alter Drahtzaun	167
<u>Texthinweise und Anmerkungen</u>	<u>169</u>

Handgestrickte Bilder

Du mußt das Leben nicht verstehen,
dann wird es werden wie ein Fest.
Und laß dir jeden Tag geschehen
so wie ein Kind im Weitergehen
von jedem Wehen
sich viele Blüten schenken läßt.

Sie aufzusammeln und zu sparen,
das kommt dem Kind nicht in den Sinn.
Es löst sie leise aus den Haaren,
drin sie so gern gefangen waren
und hält den lieben jungen Jahren
nach neuen seine Hände hin.

Rainer Maria Rilke

Hochzeit machen

Als sie dann älter war, hat der Vater manchmal, ganz selten, den Tag seiner Hochzeit erwähnt. Dann hat er darüber geredet, knapp und sehr bündig, wie sie damals mit dem Auto weggefahren waren, er und seine zweite Frau, die nun ihre zweite Mutter werden sollte. Charlotte hatte sich dieses Ereignis allerdings längst gut gemerkt und es hätte keiner Nacherzählungen bedurft. Vergessen wird sie diesen Tag von damals nicht, niemals in ihrem Leben.

Die Eltern machen Hochzeit. Charlotte ist noch recht klein, als nun heute geheiratet werden soll, gerade drei Jahre alt war sie eben geworden, später hat man ihr das so erzählt. An den Morgen dieses einen Tages erinnert sich das Kind ganz genau: es sitzt auf dem Schoß von Tante Magda, die extra aus der großen Stadt im Süden gekommen ist, um zu helfen. Tante Magda kommt schließlich immer, wenn sie erfährt, es gäbe dies oder das zu tun, zweimal oder auch dreimal im Jahr. Sie ist eine sehr städtische Dame und einfach wunderbar mit ihrem Verständnis, so anders ist sie und so herzlich für so viele nützliche Dinge.

Tante Magda zieht Charlotte das feine blaue Kleid über den Kopf. So straff daran gezogen fühlt es sich eng an und sehr kühl. Kornblumenblau ist es und aus Taft, ein bisschen steif und deshalb auch zu sperrig, als dass die Puffärmel locker hätten fallen können. Es ist mit bunten Blumen bemalt und die Blumen glitzern und haben eine so dicke Farbe, dass sie das Kleid noch steifer machen. Tante Magda knöpft die kleinen Druckknöpfe am Rücken zu, einen nach dem anderen. Sie muss bei jedem Knopf mit der Spitze ihres Zeigefingers fest zudrücken, damit er schließt. Das tut weh, denn der Finger bohrt sich nagelspitzig schmerzhaft in den Rücken des Kindes, und dies bei jedem Knopf. Aber Charlotte hält das aus und sagt nichts.

Nur, vergessen wird sie auch dieses Aushalten-Müssen niemals in ihrem Leben.

Auch nicht das Gesicht der Mutter, die doch eine Braut ist an diesem Tag, in ihrem schwarzen Kleid. Ein so gutes, ein so trauriges Gesicht prägt sich ein. Die Mutter sieht aus, als zweifle sie an sich, und es ist eine so hilflose Panik in ihrem Gesicht und im ganzen Raum. Charlotte kann das mitfühlen, zum Greifen nah und fast auch nah zum Riechen. Sie spürt, wie der Mutter das Herz schwer ist. Aber das *Warum* will sich dem kleinen Kind nicht erschließen, eine Ahnung ist es eher, die sich aufschwingt und die das Kind bedrückt.

Die Mutter sitzt auf dem Stuhl in der Ecke. Ganz vorne, an der Kante, sitzt sie. Ihre Arme hält sie gerade und regungslos und wie festgeschraubt nach unten, so, dass auf jedem Oberschenkel ihrer eng aneinanderliegenden Beine eine ihrer fingergespreizten Hände liegt, still und sehr weiß. Sie schaut aus dem Fenster, dorthin, wo draußen das Auto bereitgestellt wird.

Es ist wohl nicht so einfach, das Hochzeit machen. Natürlich hat der Vater kein Auto und niemand aus der Verwandtschaft, einzig und allein und nur dieser eine Onkel, mit dem der Vater kaum jemals viel zu tun haben will wegen dessen Lebenswandel, den man missbilligen muss und dessen man sich schämt als angesehener Bürger und weil man leider verwandt ist.

Heute aber fährt der Onkel sein Auto vor und die Eltern werden gleich einsteigen und zu dem fremden Ort gefahren werden, an dem die Trauung in der kleinen Kirche vorgesehen ist. Es wird eine stundenlange Fahrt sein, und dort, weit weg von der Heimat, gibt es einen Pfarrer, den der Vater gut kennt. Der wird sie trauen. Die beiden Trauzeugen warten schon auf der Straße und nur sie werden mitfahren. Es ist etwas Verschwiegenes um diese Vorbereitungen. Die bald nun zweite Mutter wendet sich vom Fenster weg. Sie geht die Treppe hinunter, langsam, und Charlotte kann, ohne das wirklich sehen zu müssen, erkennen, wie sie in das Auto einsteigt, zu den anderen. Dann fahren sie davon. Das Kind und Tante Magda bleiben zurück.

Der Motor ist sehr laut und es scheint so, als drehe der Fahrer, jener Onkel, ihn ein paar Mal extra auf.

Brumm, brumm, brumm, sagt der Sound. Für das Kind klingt das verwegen.

Warum sie ihr das Kleid aus Taft, das ein bisschen steif und deshalb auch zu sperrig ist, als dass die Puffärmel locker hätten fallen können, heute angezogen haben, versteht Charlotte nicht. Wie zu einem Fest.

Aber da ist doch kein Fest. Nirgendwo.

*„Alle Dinge sind dazu da,
damit sie uns Bilder werden
in irgendeinem Sinne."*

Das Vermächtnis

Auch als es eigentlich schon viel zu klein war, wurde ihr das Kleid angezogen, an den Sonntagen und wenn das Wetter es zuließ. Inzwischen war das dem Kind auch verständlich begründet worden und konnte einleuchten. *Die erste Mutter* hatte das blaue Kleid gefertigt, zumindest hatte sie es mit den bunten Blumen bemalt.

Eine Malerin war sie gewesen, die erste Mutter, weniger eine Bildermalerin, vor allem eine Stoffmalerin. Es waren da ja einige Frauen aus der Heimatstadt, die Stoffe bemalten, auch Decken und kleine Kissen. Ob zum Geld verdienen oder eher als ein Hobby weiß Charlotte bis heute nicht, aber da hatte es wohl ein kleines Atelier gegeben, wo man es lernen konnte, das Malen und Bemalen und auch die besondere Technik dazu.

Die beste Malerin dort im Atelier war die erste Mutter gewesen, hatte der Vater erzählt. *Sie* hatte das kornblumenblaue Kleid entworfen, eigens für ihr Kind, das da kommen sollte. Und auch die kleine Decke für den Kinderwagen, rosa-weiß, mit Spitzen eingefasst und mit vielen kleinen glänzenden Blümchen bunt bedruckt, hatte sie kreiert. Die Decke hatte den Kinderwagen des kleinen Mädchens geziert, stolz präsentiert vom Vater.

Charlotte sieht sie deutlich vor sich, nicht nur in ihrem Nach-Erinnern, nein, es gibt sie noch wirklich, diese eine Decke hat Zauberkraft und ist nicht vergänglich. Sie wird jeden Kinderwagen in der Familie zieren, immer und ewig, und es macht nichts aus, dass die Blumen brüchig geworden sind und die Farbe abbröselt, wenn eine Hand das Deckchen berührt.

Hier muss der Leserin und dem Leser nun doch gesagt werden, dass Charlotte eigentlich und in der amtlichen Gültigkeit Belinda heißt. Jetzt wird das wichtig. *Be-lin-da.* Die Silben klingen wie Musik, wie ein leises Lied und wie ein Rhythmus, mit dem man tanzen möchte. Aber das geht doch nicht, und es geht nicht der Name aus der Geburtsurkunde, den sie dort hineingeschrieben haben, weil sie ihn schön gefunden hatten für das Kind, damals, als der Vater keinen Zugriff hatte.

Nein, der Name der ersten Mutter muss es sein, den auch das Kind tragen soll, so hat der Vater im Nachhinein entschieden, es muss der Name *Charlotte* sein. Die zweite Mutter mit *ihrer* Idee tut dabei nichts zur Sache.

Belindas erste Mutter hatte die Geburt ihres einzigen Kindes nicht überlebt. „Kindbettfieber" haben sie gesagt. Der Vater war noch unterwegs, im Krieg oder weil Krieg gewesen war. Er ist heimgekommen, aber da war die Frau schon begraben. Er hatte sie über alles geliebt und noch mehr als das verehrt. Eine besondere und eine starke Frau war sie gewesen, hat er dem Kind später erklärt. Ihre Stärke hatte ihn, den Vater, alltäglich geführt, und er hatte sie nichts als bewundert, auch das weiß das Kind. Jetzt also, heimgekommen, setzt sich der

Vater hin und nimmt das Kind Belinda auf den Schoß für das Foto, das die anderen von ihm mit dem Kind machen wollten, von ihm, dem Vater, mit dem Kind auf dem Arm.

Er wollte dieses Kind nicht. Es hatte ihm die Frau genommen, mit der er, wie er meinte, eine so große Liebe hatte. Vom Besonderen in ihr hat er übrigens später nichts erzählt, nie Episoden oder Erlebnisse oder etwas darüber, wie die erste Mutter da oder dort gewesen sei. Belinda, das Kind, aus dem sie Charlotte gemacht hatten, kennt nur das eine Bild von der Frau mit den schönen großen und braunen Augen, später hat sie es oft heimlich angesehen. Charlotte weiß kaum mehr als nichts über sie, über diese erste Mutter.

Da war einfach nur Schweigen und kein Erzählen.

Aber die Fotografie, dieses nicht zu vergessende Bild von der Frau mit den schönen und großen, den braunen Augen, hatte ihr sehr gefallen. Es war an die Wand gehängt worden, in einen braunen Rahmen eingefügt, und Charlotte kennt ja nur dieses eine und einzige Bild, aber sie kennt es gut. Ganz heimlich hat sie es angesehen und mit scheuem Blick, viele Male. Charlotte sieht es auch heute noch, immer dann, wenn sie nach innen schaut.

Gefragt hat sie nach nichts, damals, denn Fragen richten sich doch auf Antworten aus, und da war einfach nur Schweigen und kein Erzählen.

*

Erzählen aber kann der Vater doch gut, Geschichten und Märchen, die meisten hat er selbst erfunden. Sie berichten zwar nichts von Menschen, die zueinander kommen, oder von Kindern, wie sie aufeinander zugehen und vielleicht miteinander lachen. Oder sich an den Händen halten. Aber sie erzählen von den Tieren, ganz anschaulich nah ist dieses Erzählen. Charlotte liebt all diese Tiere und es gefällt ihr, sie sich ganz genau vorzustellen, die Kühe und das Wildschwein und die Rehe, die stummen.

Der Vater wollte das Kind nicht, doch dann hat er eine Verantwortung gespürt. *So ist es mit einem Vermächtnis*, hat er viel später einmal gesagt.

Eine Verantwortung kann vieles beginnen, hat er gemeint, und er meinte damit auch die Liebe zu einem Kind, das Charlotte heißt.

Es ist das dann eine besondere Liebe, sie ist sehr stark. Auch das hat er später gesagt, mehr als ein einziges Mal.

Ja, Charlotte ist ihm ein Vermächtnis, das hat er deutlich erkannt. Ein Vermächtnis ist eine Aufgabe, kein Geschenk. Dieser Aufgabe stellt er sich. Ein Leben lang. Er wird sich dieses Kind vertraut machen, da gibt es keinen anderen Weg. In „*Der kleine Prinz*" ist das nachzulesen, am besten ist es, sich gründlich einzulesen, damit sich die Weisheit einprägen kann. Dem Vater ist das gelungen.

Du bist zeitlebens für das verantwortlich, was du dir vertraut gemacht hast

steht dort geschrieben. Das ist ein christlicher Grundsatz, und das also ist die Verantwortung, für dieses Kind, das vom Kindbettfieber der Mutter übrig geblieben war.

Allein wegen dieser Verantwortung, so ist es vom Vater erklärt, hat es die neue Hochzeit gegeben, die von da an *zweite Mutter* war die leibliche Schwester der Frau gewesen, nur deshalb konnte sie infrage kommen. Ja, dieser Verantwortung ist sie geschuldet, die neue Heirat, irgendwo und weit weg und unterzeichnet, und jetzt ist sie seine Frau. Seine Ehefrau wird sie nicht. Sie hatte das Kind zu sich genommen, damals, nach dem Begräbnis, und übrigens hatte sie nicht gezögert, nicht eine Minute lang. Und jetzt hat auch alles seine Ordnung. Dem Kind hat sie alles gegeben was ein kleines Kind braucht.

Auch die Liebe hätte sie fühlbar und sichtbar geben wollen, wenn sie gedurft hätte, in aller Fülle, dem Kind - *und* seinem Vater.

Schließlich hatte ja sie, die jetzt zweite Mutter, den Namen gefunden, damals, als der Vater noch nicht aus dem Krieg gekommen war. Das Kind musste doch einen Namen haben, ein schöner Name sollte es sein. *Be-lin-da,* das klingt wie leise Musik, nach der man tanzen könnte. Aber der Vater hat anders verfügt. Der Name der Mutter muss es sein. *Charlotte.* So wollen wir sie nennen. Das Papier mit dem ersten Namen darauf vergessen wir nun.

Charlotte ist das einzige Kind und sie bleibt das einzige Kind. Niemals würde er mit Charlottes zweiter Mutter ein neues Kind haben. Auch das hat der Vater ihr eindringlich erklärt, nicht nur ein einziges Mal. Und dass er mit ihr eine *„Josefs-Ehe"* führt. Lange hat Charlotte dies nicht verstanden, nicht, was das meint, bis sie es irgendwann ahnte und dann, als sie schon fast erwachsen war, aus sich heraus wusste. Gefragt aber hätte das Kind seinen Vater nie.

*

Sie liebt ihren Vater über alles. Es webt sich eine enge Bindung. Solch eine Symbiose kann ein inniges Verhältnis sein. Oder ein festklebendes. Die Symbiose, um die es hier geht, kennt Zärtlichkeiten nicht, keine einzige Umarmung weiß sie zu denken. Ein In-den-Arm-nehmen bleibt unbekannt. Die Mutter hätte das gekonnt, das Kind weiß sehr wohl: sie durfte das nicht. Auch als sie längst erwachsen ist, kann Charlotte sich ihrer engen Bindung zum Vater und der seinen zu ihr, der Tochter, nicht entziehen. Sie versucht es auch nicht.

Dann aber, nach langen Jahren und ohne ein Ende, spürt sie in sich ein neues Gefühl, eine „*nachgetragene Liebe*". Ein so verstandenes Vaterbild könnte dieses Gefühl fast umspinnen. Als sie dort vor dem Klinikbett stand, hatte sie zu ihm gesagt: *das muss wieder werden mit dir, Vater*, und er hatte aus seinem Bett heraus leise gefragt: *willst du das wirklich?* Sie schämt sich ihrer Lüge und es erschreckt sie dieser eine Satz, der ihr stets vor die Augen kommt im ganzen Leben und den er so kraftvoll fragend spricht. So viel Kraft zum Sprechen irritiert, sie hatte gehofft, er werde kraftlos sein und sterben. Das tat er dann auch.

*„Es gibt Augenblicke,
in denen eine Rose wichtiger ist
als ein Stück Brot."*

Von Kirschen und tränenden Herzen

Wenn Kinder spielen, käme das Kind gerne hinzu, wenn es nicht so ängstlich wäre. Für Charlotte hat dieses Ängstlich-Sein aber keinen Nachteil, Gedanken, sich selbst ausprobieren zu wollen, bieten sich ihr nicht an. Mitspielen erlauben die Eltern nicht. Nicht mit diesen gewöhnlichen Kindern. Das sind einfache Kinder, wild, laut, schlecht erzogen, es sind Proletenkinder, hört das Kind, das doch so gerne dazugekommen wäre. Also ist es auch unnötig, ein bisschen neidisch zu sein. Auch das weiß das Mädchen nun. Die Eltern, das ist der Vater und nur er allein ist für Charlotte zuständig. Er will sie zu einem Mädchen formen, das sich nicht vergleicht, nicht mit jedem Kind, nicht mit diesen Kindern und nicht mit ihrem Spielen.

Charlotte, das einzige Kind, das er sich schließlich vertraut gemacht hat, soll einmal etwas Besseres werden. Das ist das große Ziel eines starken Vaters. Er wird es mit Leidenschaft verfolgen. Es ist seine Lebensaufgabe.

Diese Kinder hier sind zwei lebhafte Buben, jünger als das Mädchen. Dass sie mit ihren Eltern im gleichen Haus leben, im Erdgeschoss, macht das Mit-Spiel-Verbot nicht leichter, aber spannend und ein wenig verschwiegen. Von oben kann das Mädchen nichts sehen, aber vieles hören, und sie kann auf der Treppe im Flur sitzen und sich vorstellen, wie es ist, wenn Kinder miteinander kämpfen, wie sie raufen und sich mit den Füßen treten.

Sie fassen sich an, denkt sich Charlotte aus, sie spüren sich aneinander, und dass ihre Körper sich warm anfühlen, vermutet sie auch. Solche Wärme kennt Charlotte nicht. Daran zu denken, ist aufregend für sie, und der kleine Atem geht schnell,

hin und her, auf und ab ...

Vor dem schönen Fachwerkhaus steht ein großer kräftiger Kirschbaum. Im Sommer trägt er dicke Herzkirschen, die purpurrot leuchten und die süß und fleischig und saftig schmecken. Der Vater hat sie geerntet und das Mädchen darf reichlich davon essen, in jedem Kindersommer ist das so. Noch mehr als sie zu schmecken liebt es Charlotte, sich ein Kirschenpärchen an jedes Ohr zu hängen und dann in den Spiegel zu schauen.

Kirschen machen schön und man kann sich immer ein kleines Stück hübscher träumen, je öfter man in den Spiegel schaut.

Die Buben klettern in den Kirschbaum, schaukeln mit den Beinen, balancieren sich hin und her und pflücken dabei auch noch die Kirschen. Das Mädchen kann vom Fenster aus zuschauen und sich dabei ungesehen machen, niemals wäre es ihr in den Sinn gekommen, hinaus und dorthin zu gehen. Da gibt es doch dieses Ängstlich-Sein und das Klettern ist nicht so einfach und irgendwie nur ein Wunsch.

Aber vom Fenster aus blickend, da ja von dort aus das Balancieren gefahrenlos ist, schaukeln ihre Beine ein bisschen mit,

hin und her, auf und ab ...

Überhaupt können diese blonden Buben imponieren, und sie erleben miteinander viel, denkt sich Charlotte. Einmal, als sie die Straße entlang gelaufen kommt, meint sie, daran teilhaben zu dürfen an dem, was sich so eindrucksvoll ereignet im brüderlichen Verbund. Da sitzen sie, die hellblonden Buben, hoch oben auf der Gartenmauer. Einer der beiden hatte dem Bruder mit dem kleinen Beil, das für Holzscheite vorgesehen ist, einen Finger abgehackt, den Ringfinger.

Wie aufregend das ist.

*

Von der kleinen Straße aus muss man ein Türchen öffnen, um in den Vorgarten zu kommen. Rechts und links steht jeweils ein Blumenbusch, schön und gleichmäßig auf jeder Seite und sofort zu sehen.

Die Blüten heißen *tränende Herzen*, lila-rosa sind sie und sie sind geformt wie Herzen, die freundlich lächeln. Charlotte liebt diese Blumen sehr, sie betrachtet sie stets ganz genau, wenn sie vom Weg her kommt. Sie bleibt stehen. Und erst dann, wenn nicht nur die Blumen es tun, sondern auch es, das Mädchen, zu lächeln beginnt, dann geht sie weiter, die alte Steintreppe hinauf und in das Haus ihrer Eltern hinein. Ganz leichten und frohen Herzens.

Auch viele Jahre später noch liebt sie diese Blumen, sie wird sie ihr Leben lang lieben, und sie liebt sie, weil sie tränende Herzen heißen.

*„Die Kinder sind der Fortschritt selbst –
vertraut dem Kinde"*

Roller, Stelzen und mehr

Und die beiden Buben hatten schöne blaue Fahrräder. Charlotte besaß einen Roller aus Holz, mit dem sie aber nicht fahren konnte, weil auch die Räder aus Holz waren und nicht wirklich rund, eher gar nicht, sondern oval. Ein Bekannter des Vaters hatte den Roller gebaut. Die blonden Buben hatten jeder ein eigenes Fahrrad, beide waren blau und so schön glänzend, wie Rennräder sahen sie aus. Und diese Buben konnten schon Rad fahren, kaum, dass sie in die Schule gingen. Vor allem konnten sie auf das Fahrrad aufsteigen und losfahren und wieder absteigen, wenn sie dies denn wollten.

Charlotte hätte gern auch so ein Fahrrad gehabt, es war ein tiefer Wunsch in ihr, aber der Vater hatte solches für gefährlich gehalten. Das kam nicht in Frage. Das Aufsteigen und das Absteigen hätte sie ja auch nur schwer lernen können, auch ein Kind muss ehrlich mit sich sein. So also bleibt sie bei ihrem Roller, und so schaut sie den Buben zu, den blonden Buben und ihren blauen glänzenden Rädern.

*

Die Winter hatten viel mehr Schnee als heute. Sie waren auch viel kälter, und ohne dicke Jacken konnten Kinder nicht aus dem Hause gehen. Die Buben starteten zum Schlittenfahren. Es war nicht weit bis zu dem kleinen Hügel, den kleinen Berg hinauf, und die Abfahrt war recht sanft. Die Buben hatten einfache Holzschlitten, die sehr schön aussahen, und sie konnten damit fahren. Charlotte hatte einen Schlitten aus Eisen und dieser hatte eine Rückenlehne aus Eisen und die Armlehnen waren auch aus Eisen. Sie hätte also nicht bäuchlings den kleinen Berg hinabfahren können, weil sie sich ja nicht auf den Schlitten hätte legen können.

Aber das Sich-Hinlegen ist ja auch gar nicht der Plan, denn der Vater zieht den Schlitten, auf dem das Kind Platz genommen hat, den kleinen Berg hinauf, er zieht den Schlitten und er zieht das sitzende Kind mit einem dicken Seil.

Diese Arbeit fällt ihm nicht leicht, weil er manchmal eine Luftknappheit hat. Die Ärzte hatten das längst untersucht und eine Diagnose gestellt, es sei Asthma. Beim Vater stellt sich dieses Asthma immer dann ein, wenn es nicht gebraucht wird, aber auch dann, wenn es gerade nützlich ist, um eine Situation abzuwenden. Er kann das Geschehen gut für sich lenken, ganz seinem Bedarf geschuldet passt es sich an.

Oben auf dem kleinen Berg mit dem Eisenschlitten angekommen, darf Charlotte jetzt allein hinunterfahren, langsam, sitzend. Der Vater steht an der Seite und beobachtet das Geschehen. Dadurch wird die Fahrt ein wenig freudlos und sie ruft tapfer:

Bahn frei! und *Ich komme!*

Charlotte ruft es sich selbst zu, stolz und ganz leise ruft sie es in sich hinein. Niemand kann es hören, wenn sie *Ich komme!* ruft.

Aber eigentlich findet sie es schade, dass es einen Kontakt mit den anderen Kindern, die da am Fahren sind, nicht geben kann. Sie hätte ihn so gern geknüpft.

Sehr besonders war auch das Schlittschuhlaufen im Winter. An der Stelle, an der die beiden kleinen Flüsse zusammenkommen, am Rande des Städtchens, konnte das Eis tatsächlich so gefrieren, dass das Laufen auf Schlittschuhen keine Gefahr darstellte. Nachmittags finden sich dort einige Kinder mit ihren Schlittschuhen ein. Charlottes Klassenkameradin Leonie kommt mit einem Paar von Schuhen, die blinken, und Leonie kann so gut laufen damit. Beneidenswert und zu bewundern ist das. Charlottes Schlittschuhe sind ein bisschen rostig, weil die Nachbarin sie lange Zeit im Keller aufbewahrte und jahrelang sie niemand benutzt hatte. Weil aber Charlotte sowieso nicht gut fahren kann, eher unsicher damit ist, erweist sich für sie der Rost als recht nützlich, er bremst und so kann sie sicher sein, nur ganz kleine Strecken bewältigen zu müssen. Natürlich ist Leonie zu beneiden, elegant und sportlich leicht bewegt sie sich.

Sportlich, erinnert sich Charlotte heute, ist Leonie sowieso und war es stets gewesen. Früh an manchem Morgen konnte sie auf Stelzen gehen, mitten durch die Wasserlachen, die das Hochwasser gebildet hatte, hindurch, den Körper wiegend, bis zur Schule.

Darüber hatte das andere nicht sportliche Kind immer wieder sehr gestaunt.

*

Ein ganz großes Ereignis war das Seifenkistenrennen, einmal im Jahr. Die schönsten Seifenkisten sind zu sehen, in langen Wochen waren sie zu Fahrzeugen zusammengebastelt worden. Manche sind eigentlich nur ein Karton mit ganz kleinen Rädern darunter, wer darin sitzt, kommt nur langsam vorwärts und holprig, aber doch ein bisschen, denn es geht ja bergab. Auch ein Karton mit Rädern darunter kommt ein wenig in Schwung, es ist doch schließlich eine stattliche Strecke, in Serpentinen und mit sanften Kurven auf dem großen Feldweg, der befestigt ist, den Berg hinunter bis nach unten in die Stadt. Einige der Seifenkisten sind Kunstwerke und sehen wie tolle Autos aus, sie haben richtige Lenkräder. Wer darin sitzt, muss sich wie ein Rennfahrer fühlen. Und er muss auch lenken können, denn es geht ja schnell nach unten und man muss ein bisschen aufpassen, weil man ja aus der Kurve fallen könnte.

Alle Kinder sind am Start, die ganz kleinen Kinder sitzen in kleinen Leiterwägelchen, und jemand zieht sie einfach den Berg hinab. Die Schulkinder sind stolz auf das, was sie gebastelt und gebaut haben. Und alle fahren, manche flott und viele mit Bedacht und andere auch ganz gemütlich. Die Erwachsenen bauen sich am Straßenrand auf, dafür sind die Bürgersteige da und dafür sind sie gekommen, alle.

Auch Charlotte steht am Bürgersteig, sie hat keine Seifenkiste gebastelt. Das war auch nicht vorgesehen gewesen. In keinem Jahr ist das vorgesehen, das ist nicht der Erziehungsplan. Charlotte, schon längst ein Schulkind, ist traurig darüber. Aber im ehrlichen Herzen ist sie auch froh und erleichtert. Denn, hätte sie ein eigenes Fahrzeug, müsste sie ja den Berg hinunterfahren.

Komm, lieber Mai

Für heute ist die Fahrradtour geplant. Es soll ein froh erwartetes Ereignis werden, eine *Mai-Tour* soll es werden, und die Schulfreundinnen haben alles besprochen, die vorgesehene Route und das Picknick. Charlotte hat ein nur für heute eigenes Fahrrad, es ist ein Damenrad und sie kann gut aufsteigen, sie kann bremsen und sie kann wieder absteigen. Sie hat das gründlich geübt, ganz für sich allein. Das musste ja auch sein, denn sie ist nicht vertraut mit diesem Rad. Die Frau Mehringer von nebenan hat es ihr ausgeliehen, es wird ansonsten längst nicht mehr benutzt, das weiß Charlotte, und das ist auch an dem Rost zu sehen und an den vielen abgenutzten Stellen, auch an dem Staub, der beim Fahren das Bremsen leichter macht.

Die Verabredung für den frühen Morgen des ersten Maitages ist getroffen. Charlotte hat wenig schlafen können in der Nacht, immerzu hat sie überlegen müssen, ob das alles so geht und ob die anderen, ob Leonie, Marie, Lena, Nora, Monique und Carla nichts davon merken, wie wenig geübt sie ist mit dem Auf-dem-Fahrrad-Sitzen und mit dem Einen-Weg-entlang-fahren. Auch der Gedanke, dass man sicher kaum jemandem begegnen wird und nicht etwa irgendwo ausweichen muss, hilft da dem eigenen Selbstvertrauen nicht.

Nun ist der Maifeiertag angebrochen. Charlotte hat sich ganz auf das Lied eingestellt, das als *Volkslied* schon seit hunderten von Jahren zum Frühling mit seiner Sehnsucht nach dem blühenden Leben gehört. Schon in der Nacht war sie mehrere Male aufgewacht und hatte es leise vor sich hin gesungen.

Komm lieber Mai und mache die Bäume wieder grün,
und lass mir an dem Bache die kleinen Veilchen blühn!
Wie möcht' ich doch so gerne ein Veilchen wieder sehn,
ach, lieber Mai, wie gerne einmal spazieren gehen!

Ach, wenn's doch erst gelinder und grüner draußen wär'!
Komm, lieber Mai, wir Kinder, wir bitten gar zu sehr!
O komm und bring' vor allem uns viele Veilchen mit!
Bring auch viel Nachtigallen und schöne Kuckucks mit!

Das ist ein Lied, das beschwingt. Es ist ja nur ein Volkslied, mit einer einfachen, vielleicht gerade deshalb so herz-innigen Melodie. Sehr wahrscheinlich ist es nicht für angehende Teenager gedacht, aber die Musik hat *Mozart* geschrieben, den sie schon jetzt zärtlich verehrt, wenn sie auch noch nicht viel von ihm kennt. Also singt sie sich damit in den Maitag, der beginnen und auf den sie sich freuen soll, sie singt das kleine Lied immer wieder vor sich hin.

Charlotte schaut aus dem Fenster. Es regnet stark. Auch nach einer halben Stunde regnet es noch genauso heftig. Der Regen wird nicht so schnell aufhören, heute Morgen nicht. Es regnet von oben nach unten und die Straße ist nun von unten so nass, dass ein Fahrrad nicht gut fahren kann. Kein erster Mai heute und keine Tour.

Wie schön so ein Regen ist, sein *platsch, platsch, platsch* ist unüberhörbar fröhlich. Charlotte könnte meinen, der Regen lachte ein wenig. Und sie selbst, Charlotte, lächelt ganz tief innen.

Oberstolzer Herr

Die Hühner im Hühnerhaus hinten im Hof müssen sich nicht immer dort aufhalten. Nein, sie dürfen frei laufen und auch in den Vorgarten kommen. Es sind schöne weiß-braune Hühner und sie legen ihre Eier brav, so, wie es von ihnen erwartet wird.

Inmitten der Hühner gibt es einen Hahn. Er ist groß und stolz und bunt, er geht aufrecht und majestätisch. Charlotte hat ihn *Oberstolzer Herr* getauft und sie liebt ihn zärtlich. Oft sitzt sie auf einer Treppenstufe im Vorgarten, beobachtet ihn und hat dabei so schöne Gedanken. Mit einem kleinen Schmerz im Herzen liebt sie ihn, wenn sie ihn sieht und obwohl sie ihn nicht anfassen kann, vielleicht sogar, weil das nicht geht. Hähne, die Oberstolzer Herr heißen, fasst man nicht an. Schließlich sind Gockelhähne keine Katzen. Sie haben kein Fell zum Streicheln. Man liebt sie im Hinsehen und voller Ehrfurcht, zärtlich.

Ein wenig mag Charlotte auch die winzigen Küken, die in einem kleinen Pferch hin und her rennen dürfen. Sie, die Küken, könnte man streicheln, wenn man überhaupt wollte und wenn man sie denn vorher fangen könnte.

In der Vogelhecke

Aber da gibt es ja noch die Vogelhecke. Sie ist ein breiter und heller Raum im Dachgeschoss. Entlang der Wände sind die hölzernen Vogelhäuser aufgestellt, vom Boden bis zur Decke reichend, sie sind ausgefüllt mit großen und kleinen Käfigen. Viele Kanarienvögel sitzen da oder hüpfen dort herum, munter sind sie und es geht ihnen offensichtlich gut. Sie sind nicht gelb, sondern golden-gelb, weil sie *Harzer Roller* heißen. Der Vater hat eine Vogelzucht, und er ist in einem Verein dafür, sagt er. Der Verein hat viele Mitglieder, sie treffen sich, erfährt Charlotte, und sie besprechen ihre Dinge miteinander, weil *sie alle* Kanarienvögel züchten. Der Vater aber ist es, der die Dinge aushandelt, den Ankauf, den Verkauf, das Verschenken vielleicht auch. Er macht das jedoch ganz für sich allein, meint Charlotte wahrzunehmen. Denn er geht nirgendwo hin, nicht zu Vereinsleuten, und nicht zu den Treffen, und andere Männer, die da hätten kommen können, hat sie niemals im Haus gesehen.

Sehr stolz ist der Vater auf all die Vogelhäuser und auf die freundlichen gold-gelben Tiere, die „Harzer Roller" heißen und die da sitzen oder dort herumhüpfen, so gut das eben in einem kleinen Haus für sie geht, in einem hellen Zimmer unter dem Dach, das viele Vogelhäuser und Käfige hat.

Jeden Sonntagmorgen, nach der Sonntagsmesse, steigt Charlotte mit hinauf in den hellen Raum direkt unter dem Dach. Sie lernt, einen Vogel in der Hand zu halten, damit ihm sein Ring, den er um seinen kleinen Fuß trägt, ausgezogen und ihm ein anderer Ring angezogen werden kann. Jeder Vogel hat einen Ring in einer bestimmten Farbe, und die Farbe soll manchmal wechseln, vermutlich kann man daran den Wert eines Vogels oder das Alter oder etwas ganz anderes oder ganz Ähnliches erkennen. Charlotte weiß es nicht, und sie will es auch nicht wissen. Ihre Aufgabe ist festgelegt, sie hat den kleinen Vogel in eine Hand zu nehmen und festzuhalten, Ringe ausziehen und Ringe anziehen ist nicht ihr Part, das macht der Vater.

Jeden Sonntag erfüllt sie *ihre* Pflicht und die dauert bis zum Mittagessen. Ringe anziehen und Ringe ausziehen, Ringe ausziehen und Ringe anziehen, das macht der Vater. Oft bläst er die kleinen Haare vom kleinen runden Bauch eines gold-gelben Vogels, legt sozusagen dessen Bauch frei um etwas zu sehen, was für eine Diagnose reicht. Charlotte hat viele kleine nackte rote Bäuche gesehen: einen *Ring ausziehen* und einen *Ring anziehen* sagt das Ritual. Wie ein Rhythmus, wie ein Kommando. Sie aber, Charlotte, hält den Vogel dabei in der Hand.

Eine Arbeit war das und nicht zu umgehen weil festgelegt, an jedem Sonntagmorgen, aber es war auch ein „Lernen für das Leben", die Erfahrungen aus der Vogelhecke haben für Charlotte einen Nutzen gebracht bis heute: wann immer irgendein Vöglein durch das Fenster versehentlich in die Wohnung fliegt, kann sie es geschickt einfangen und halten, – um es dann wieder in seine Vogel-Freiheit zu entlassen.

„Je mehr Liebe man gibt,
desto mehr besitzt man davon."

Alle Jahre wieder

Niemand kann verhindern, dass der vierundzwanzigste Dezember kommt. Der *Heilige Abend* lässt sich nicht vermeiden. Ein Jahr geht schnell vorbei und schon ist wieder Heiligabend. Die Bescherung ist Ritual. Sie bleibt sich stets gleich und ist ernsthaft-bedächtig, feierlich beschwingt aber kaum, nicht nach Charlottes Empfinden.

Gesungen wird nicht. Charlotte liest die Weihnachtsgeschichte, sie trägt sie vor, alle Jahre wieder. Oder war es der Vater, damals, als sie noch nicht gut lesen konnte? Und sie erinnert zugleich ein Gedicht, das der Vater ernsthaft sprach, sie erinnert die eine Zeile daraus:

Gesegnet sei die heilige Nacht,
die uns das Licht der Welt gebracht.

Ein anderes kleines Gedicht darf *sie*, Charlotte, sprechen, ein wenig mühselig sagt sie es hin, obwohl es ein wohl eher lustiger Vers ist, und auch es gehört zum Ritual:

Von drauß vom Walde komm ich her,
ich muss euch sagen es weihnachtet sehr.

Diese und andere Rituale bleiben, nur die Geschenke wechseln in jedem Jahr. Auch sie waren stets ernsthaft, das weiß sie, sich an einzelne Geschenke zu erinnern gelingt ihr nicht ganz. War es die schlichte Puppe? Ist es in diesem Jahr das schöne Buch mit den Bildern und den Geschichten zum Vorlesen? Keinesfalls ist es ein Schaukelpferd. So etwas wünscht man sich nur, das bekommt man nicht.

Einmal hatte Charlotte eine hübsche Weihnachtskarte bemalt und *Frohe Weihnachten* darauf geschrieben. Sie kann doch schon schreiben und sie kann ein Wort gut abmalen. Bei diesem schweren Wort aber hat sie einen Buchstaben vergessen, ausgerechnet das „*h*" in der ersten Silbe von „Weihnachten". Sie könnte in den Boden versinken vor Scham. Es wird nichts gesagt zu dem fehlenden „*h*", und sie fühlt sich unglücklich, weil ihr solches passierte, vor allem aber, weil nichts dazu gesagt wird. Aber es gibt ja die Hoffnung, dass das die Eltern nicht gemerkt haben, nein, sie werden vielleicht nicht darauf aufmerksam, dass hier das „*h*" in der ersten Silbe fehlt. So wird es sein, möglicherweise. Das hofft sie. Denn der Vater sagt ja nicht, *du hast das „h" vergessen*. Auch die Mutter merkt es nicht und bleibt stumm, sie darf das ja auch nicht einmal merken. So etwas wäre der Mutter verboten. Und auch der Vater spricht nichts, sagt nicht *Kind, das ist ja überhaupt nicht schlimm*. Er sagt nichts zu dem Wort, dem das „*h*" fehlt.

Sie, Charlotte, würde so gerne in den Boden versinken.

Nach der Bescherung geht sie mit den Eltern nach unten, um den anderen im Haus „Fröhliche Weihnachten" zu wünschen. Die Buben haben ihre Autos bekommen, mit denen sie in der Stube herumfahren. Die Autos haben Gummiräder und damit kann man wohl flott fahren, wie mit Rennautos. Aber am schönsten findet Charlotte ihre Farbe, die Autos sind blau.

Leuchtend-blau. Eine wunderschöne Farbe für wunderschöne Autos, findet sie heute und auch später ja doch immer wieder, und heute schaut sie den Buben mit den fahrenden Autos zu, ganz leidenschaftlich und ein bisschen andächtig.

*

Aber Weihnachten beginnt stets schon viel früher am heiligen Tag, in jedem Jahr. Die wichtige Handlung ereignet sich *vor* der Bescherung, wenn es gerade beginnt dunkel zu werden. Dann geht Charlotte mit dem Vater zum Friedhof, zum Grab der ersten Mutter. Stumm stehen sie eine Weile vor dem Grab und Charlotte spürt überdeutlich, wie ernsthaft dem Vater diese alljährliche Handlung ist. Ganz schweigsam ist alles und ohne Glückseligkeit, die eigentlich doch zu Weihnachten gehören soll. Das hatte Charlotte sehr früh gelernt, dass in diesem Grab die Mutter liegt. Die *echte* Mutter.

Echt und *unech*t sind nicht nur Begriffe der Sprache, sie sagen einen Unterschied, den es für das Kind früh zu wissen gilt.

Charlotte fürchtet diesen Gang zum Friedhof schon lange bevor Weihnachten kommt. Sie fühlt die große Trauer ringsum wie eine vernebelte Luft und kann nichts dagegen tun, auch nichts dagegen, dass ihre unechte Mutter nicht teilhaben wird an der so bedeutenden Handlung. Charlotte sieht sie auf ihrem Stuhl sitzen, wenn der Vater mit seinem Kind das Haus verlässt, zu diesem Gang, alle Jahre wieder.

Sie sitzt dort ganz still, die zweite Mutter, und Charlotte meint zu spüren, wie ihr, der unechten Mutter, das Herz schwer ist.

Der Heilige Abend geht schnell zu Ende, und am Weihnachtsmorgen, ganz in der Herrgottsfrühe, kommt nur der Kirchgang infrage. Charlotte geht an der Hand des Vaters durch die dunkle und kalte Nacht bis zur Kirche. Der Schnee knirscht und die Schuhe knirschen auch, die des Kindes und die seines Vaters.

Bedrückt ist der Vater und bedrückend die Heilige Nacht. Schweigsam beide, Vater und Kind. Sie geht mit nach oben auf die Empore, dort sind nur Männer anzutreffen, die Frauen sind unten im Kirchenschiff. Es wird weihnachtlich gesungen. Kinder sieht sie nicht in dieser frühen Christmette. Für sie, die Kinder, gibt es ja schließlich einen Kinder-Gottesdienst, Stunden später.

Das Mädchen ist müde, und das liegt nicht allein am noch dunklen Morgen, sondern an dem angstvollen Wissen um diesen frühen Gang. Es ist ein so schwerer Gang, an den sie schon wochenlang vorbereitend und herzbeklemmend denken muss, in jedem Jahr bevor Weihnachten kommen wird. Und ihre zweite Mutter ist daheim geblieben.

*

Die Pflichten unvermeidlichen Kirchganges kennt Charlotte sowieso gut, auch wenn kein Weihnachten ist. Das In-die-Kirche-gehen wird besonders wichtig in allen schönen Ferienzeiten, dann auch an jedem Werktag, zur so genannten „Frühmesse".

Das muss so sein, damit der Tag einen Anfang hat, sagt der Vater. Nur einmal in der Woche darf sie länger liegen bleiben.

Weil Ferien sind,

sagt der Vater, und Charlotte denkt sich, dass er großzügig zu ihr ist. Aber schlafen kann sie dann nicht mehr, auch nicht an diesem einen Tag.

Wenn das schlechte Gewissen nicht wäre, weil der Kirchgang nun heute ausfallen darf, könnte sie es wohl.

Strumpfbänder, Leibchen und ein Badespaß

Die zweite Mutter legt Wert darauf, sie fein anzuziehen, darauf kann Charlotte sich verlassen. Da gibt es schöne Kleider, die Tante Magda genäht hat. Wenn Tante Magda kommt, einmal im Jahr, bringt sie immer etwas Genähtes mit. Es gibt auch noch eine Schneiderin, erinnert sich Charlotte. Diese wird extra einbestellt, kommt zweimal im Jahr und sitzt dann den ganzen Tag an der Nähmaschine, ändert und flickt und schneidert. Dies gilt als ein besonderes Ereignis, aber Charlotte weiß eigentlich nicht genau warum. Die zweite Mutter näht nicht. Aber sie legt nicht nur Wert darauf, dass Charlotte stets ordentlich, sondern auch ein bisschen fein angezogen ist. *Das* wird der Grund für die Schneiderin sein.

An Feiertagen trägt Charlotte das besondere Kleid. Es ist aus leuchtend-blauem Taft und, weil es aus Taft ist, ein wenig steif. Die Leserin und der Leser haben ja schon davon erfahren und wissen, es ist ein schönes Kleid und hat vorne bunte Blumen aufgemalt, die aussehen wie aus Zuckerguss. Das Kleid hatte die Mutter, die echte Mutter, bemalt, weiß Charlotte vom Vater, das war längst vor ihrer Geburt, aber es war schon für das noch nicht geborene Kind gefertigt worden, die Leserin und der Leser wissen auch das bereits.

Charlotte mag das Kleid nicht, trotzdem es so schön ist, sie mag es nicht, weil es immer verändert wird, wenn sie wieder gewachsen ist. An den breiten Streifen, mehrfach und unten angesetzt, kann jeder genau sehen, wie oft es verlängert worden ist, die Streifen sind wie Jahresringe, die das beweisen.

Ein klein wenig schämt sich Charlotte des Kleides, an den Feiertagen, und auch weil sie meint, sich „vorgezeigt" fühlen zu müssen, vom Vater stolz präsentiert. Und die Mutter, die unechte Mutter, betrachtet mit ernstem Blick die Blumen, die aussehen wie klebriger Zucker.

Zum Sich-Anziehen gehört ein Leibchen. Es wird unter das Kleid gezogen, wie ein Unterhemd. Nur dass es am unteren Ende vier Strumpfbänder hat aus Gummizug, zwei für das eine Bein, zwei für das andere. Die werden oben an den langen Strümpfen befestigt, für jedes Strumpfband gibt es einen Knopf. Dadurch rutschen die Strümpfe nicht, ein Kleidungsstück namens Strumpfhose ist in Charlottes Kinderzeit nicht bekannt. Aber weil die langen Strümpfe aus Wolle sind, müssen sie kratzen, Charlotte hasst sie, diese kratzenden Strümpfe.

Tatsächlich schlimm aber ist das Leibchen. Es zieht die Bänder straff nach unten, und dadurch ist es eng und kurz. Probleme macht das nicht wirklich, doch dann, als Charlotte nun längst ein Schulkind ist und als sich ein kleiner Busen entwickeln möchte, zerrt das Leibchen auch an diesem noch kleinen Busen. Es drückt ihn weg und nach unten und quetscht das Fleisch und rötet die Haut. Richtig weh tut das so manches Mal. Aber so soll wohl gesichert sein, dass niemand von außen sehen kann, was da unter dem Kleid in Wärme entsteht, nicht wahrnehmen kann, dass da eine Brust wachsen möchte, die weiblich ist. So wird es wohl sein. Das denkt sich Charlotte später, damals weiß sie doch nicht, was ein Busen ist.

Ein Busen, der wachsen will, ist dem damaligen Wortschatz fremd, es galt wohl, ihn zu unterbinden. Zu verhindern ist er ja nicht.

*

Charlotte erinnert die Samstage. Am Nachmittag ist die kleine Wanne im Zimmer aufgestellt. Es ist schön für ein Kind, im warmen schaumigen Wasser zu sitzen. Weniger schön ist es, dass eine Bürste die Haut rot werden lässt, nur weil die Beine und der Rücken abzubürsten sind und weil das wortlos auszuhalten ist. Warum Charlotte das nicht selbst tun kann, dieses Abbürsten, bleibt unklar, unweigerlich gehört der Einsatz einer krebsrötenden Bürste wohl zu den pflegerischen Diensten mütterlicher Pflicht.

Die Badezeremonie verpflichtet den Vater, das Zimmer nicht zu betreten. Warum er sich fernhält, versteht Charlotte lange nicht. Sicher will er eine Handlung nicht stören. Ja, keine Störmomente setzen, das wird es sein. Einmal hat er die Badezeit nicht gewusst und tritt ein. Er wendet sich ab und senkt seinen Blick. Versehen kann sein und die Scham ist entschuldbar.

Und Charlotte ahnt, ganz tief in der Seele des Kindes, dass, was da im Raume schwingt, etwas Verbotenes sei. Hier, da das Schulkind in seiner Wanne sitzt, ereignet sich etwas in verborgenem Fühlen, an jedem Samstag, zur Badezeit, dem Kind sich nicht erschließend. Nein, ein Badespaß ist das nicht. Sie spürt ein Geheimnis und versteht es doch nicht. Begreifen kann sie es dann eines Tages, als auch sie darauf achtet, dass die Tür geschlossen bleibt für den Vater und für einen jeden, der kommen wolle.

Heute und jetzt momentan ist der Raum offen allein für sie selbst, für Charlotte, – und für die Wurzelbürste der Mutter.

Kleine Geheimnisse sind still

Ein Verständnis für das, was verborgen ist, entfaltet sich in Entwicklungen. Mit Lernen hat das nichts zu tun, sondern mit dem Öffnen der Augen.

Charlottes Bett steht an der Außenwand des Schlafzimmers. Das große Ehebett der Eltern präsentiert sich behäbig, von der Kopfwand her ganz auf die Mitte des Raumes zentriert, im Blick zur Wand bleibt es dort immer dunkel. Charlotte geht zeitig zu Bett, wie es vom Kind erwartet wird, vom Mädchen, das längst ein Schulkind ist. Das, was sie zuweilen zu hören glaubt, ist ihr fremd, aus dem Ehebett kommend, wenn die Eltern ihr Bett aufgesucht haben und die Nacht beginnt. Geräusche, die sie nicht deuten kann, haben vielleicht mit dem Knarren der Betten zu tun, so wie Charlotte solches ja kennt.

Und doch nicht, da ist etwas anderes in diesen Geräuschen, etwas, das geheimnisvoll klingt, nicht freundlich vertraut, nicht stimmlich, nein, einfach nur duster. Sie reden nicht miteinander, sie flüstern auch nicht, es klingt eher, als sprächen sie stumm miteinander, so wie ein Kind es sich vorstellt, dass Fische miteinander kommunizieren. Charlotte hört dieses kommunikative Stummsein zwar nur in seltenen Nächten, doch stets in der gleichen Weise, fast bedrohlich für sie selbst und, auch ohne dass sie es wissen könnte, klingt es doch so, als hätten die Eltern einen Kummer mit sich.

Kummer aber liebt Charlotte nicht, sie schiebt das Ereignis weg, und leidet an diesem Sich-Finden, das keines ist. Sie ist darin eingebunden. Und niemals würde sie nach den Dingen schauen und wissen wollen, was sich ereignet oder auch nicht. Nein, dieses Mädchen rührt sich nicht und auch nicht der Teenager, der das Wort „Josefs-Ehe" denken kann und etwas nachfühlen kann im eigenen Empfinden. Etwas, zu dem kleine Kinder nicht fähig sind.

Geheimnisse sind keine Heimlichkeiten. Kleine Geheimnisse sind still und Gedanken auch, und Charlotte ist froh, dass sie bald ein eigenes Zimmer beziehen wird, weit weg von dem einen Erleben, dort oben unter dem Dach.

Die kleine Schule

In die Schule zu gehen ist schön, gemeint sind die fast vergessenen weil unauffällig gewesenen ersten Schuljahre. Es gab damals keine großen Ereignisse, dafür aber durchaus nette, und es sind freundliche Bilder, die sich ansammeln durften, auch für die Erinnerung.

Charlotte mag die nette Lehrerin und *Schulzeit ist* für sie *eine Spielzeit*, keinesfalls eine Zeit der Mühe. Sie freut sich über die Tafel, auf die sie etwas malen darf und über die Hefte, in die sie etwas schreiben kann, jeden Tag. Die Freude an den Heften nennt man Schularbeiten, aber mit Arbeit haben das Malen und das Schreiben mit den angespitzten Stiften nichts zu tun, nicht für Charlotte.

Die kleine Schule ist aus Stein gebaut und ihre schönen Fenster blicken nach vorne, als beobachteten sie, woher die Kinder gelaufen kommen. Die Fenster haben geschwungene Bögen, und wenn das Mädchen von draußen kommend dorthinauf schaut, sind die Fensterschwingungen tatsächlich beschwingt und Charlotte meint, lustige Gesichter darin zu erkennen.

Es gibt nur vier Klassenräume in dem kleinen steinernen Gebäude und der Weg dahin ist kurz, Charlotte kann ihn alleine gehen. Sie geht ihn so gerne und sie freut sich immer,

wenn die kleine Schule in ihr Blickfeld kommt, dem Kind so
anheimelnd und vertraut, und Charlotte ist sich sicher: dieses
fröhliche Gefühl gehört in sie hinein, weil sie ja hier eine
Heimat hat.

In wenigen Minuten ist sie in ihrem Klassenzimmer. Sie sitzt
in der Mitte, genau so, wie die Lehrerin das vorgegeben hat.
Vieles ist lustig und es macht gute Laune, wenn Heike, die in
der ersten Reihe sitzt, das Lesen einfach nicht lernen kann,
wo das doch so einfach ist. Und wenn der Paul heute wieder
nach vorne geholt wird, damit er einen Stehplatz in der Ecke
hat und dort gut beobachtet werden kann, weil er sich sitzend
nicht ruhig verhält, sondern wie ein „Zappelphilipp", so sagt
es die Lehrerin, dann macht auch das gute Laune.

Der Paul ist ein kräftiger Junge, er hat buschige schwarze
Haare und dunkle Augen und sieht ganz anders aus als die
anderen Buben. Wenn er vorne steht, wartet er immer, bis die
Lehrerin sich wieder nach den anderen Kindern umdrehen
muss und dann macht er komische Bewegungen und
schneidet lustige Gesichter, so dass Charlotte ein bisschen
lachen muss, nur ein bisschen, und sie ist auch neidisch, weil
sie selbst so etwas nie tun könnte.

Der Paul ist ein Adoptivkind, haben die Eltern ihr erklärt.

*Das sind Kinder, die nicht so ordentlich erzogen sind und die sich nur
deshalb so komisch verhalten*, auch das hat der Vater ihr erklärt,
und er hat es mit deutlichen Worten betont.

Bei dem Paul ist Sich-komisch-Verhalten einfach nur schön,
meint Charlotte, und sie wartet jeden Tag darauf, wie auf ein
bisschen Sonnenschein.

„Daß etwas schwer ist,
muß ein Grund mehr sein, es zu tun."

„Man muss!"

Wirkliche Schulzeit beginnt für Charlotte erst jetzt, ein paar Jahre später, da sie nun mit der Eisenbahn dorthin fährt, wo das Mädchengymnasium ist, die Fahrt dauert nur eine halbe Stunde lang. Es ist eine in den Augen des Kindes riesige Schule und Charlotte weiß gut, dass es nur Schülerinnen aus den besten Familien im Landkreis sind, die diese Schule besuchen dürfen. Es ist eine *höhere Töchterschule*. Natürlich sind dort nur Mädchen zu finden, es wäre ja ansonsten kein Mädchengymnasium, schon gar keine höhere Töchterschule. Jungen haben da nichts zu suchen. Jungen haben sowieso nichts bei Mädchen zu suchen, auch das weiß Charlotte längst. Und wenn ein Mädchen aus einfachen Kreisen eine solche Schule besucht, ein Kind, dessen Vater nicht Arzt und Lehrer und Apotheker oder gar ein Landrat ist, dann ist das eine große Ausnahme und eine noch viel größere Ehre. Auch das weiß das Mädchen.

Charlottes Vater hat sich eine große Mühe gegeben, er hat alles getan, um einen Schulplatz für die Tochter zu erhalten. Am Anfang eines jeden Monats muss er das Schulgeld bezahlen, er bringt es persönlich und pünktlich. Dafür und für andere dem Kind dienliche Vorteile ist er in den Kirchenvorstand gegangen, sie haben ihn in dieses Amt gewählt, er ist ein zuverlässiger Kirchgänger. Diese Verlässlichkeit ist es, die ihm zu einem höheren Ansehen verholfen hat, weil er ja doch nur ein Handwerksmeister ist und kein Arzt und kein Lehrer, auch kein Apotheker oder gar ein Landrat.

Obwohl es ihm schmerzlich ist, in diesem Vorstand einer von den anderen zu sein, der er nicht ist, ganz und gar nicht und

nicht mit dem Herzen und nicht mit seiner Seele, hat er es
doch und nur für Charlotte getan. Das erzählt er immer
wieder, und dass ihn das Dabeisein dort eine Überwindung
kostet.

Es ist gegen meine Natur,

das sagt er zu ihr, zu Charlotte, die eine höhere Töchterschule
besucht, weil er, der Vater, so manches tut, um ihretwillen.

„*Man muss*" aber ist der Leitsatz und Charlotte hört ihn aus
seinem Munde, und sie hört ihn so oft und für viele Dinge,
den Leitsatz, der den Vater prägt und dann auch das Kind,
dem dies ein Echo wird und weit mehr, *man muss, man muss,
man muss* ... ein ganzes Leben lang.

Diesem Lebensprinzip ist *alles* geschuldet, auch, dass der
Vater eine Meisterprüfung abgelegt hat in höherem Alter,
gehört dazu. Dem Fünfzigjährigen fällt Lernen schwer, und
doch hat er eine Firma gegründet, einen Betrieb übernommen
von seinem früheren Chef, bei dem er Handwerker gewesen
war und der, nun alt, sein Geschäft hätte schließen müssen,
wenn nicht der Vater sich dafür geopfert hätte. Das Sich-
Opfern hat er ungern getan, aber auch gern, alles nur für
Charlotte, damit sie diese Schule besuchen kann, sie, sein
einziges Kind.

Es ist eine höhere Töchterschule hat er ihr deutlich gemacht, und:
aus dir soll einmal etwas werden. Das verspreche ich dir, meine Tochter.

*

Das Kochen übernimmt der Vater selbst, wann immer es ihm
möglich wird, es liegt ihm mehr als sein geschäftliches Werk.
Er kocht das Essen und serviert es Charlotte. Er überwacht
die mütterliche Küche, auf dass alles üppig bereit ist, wenn

das Mädchen aus seiner Schule kommt. Diese Zeit nimmt er sich. Es sind sonderbare Gerichte, die der Vater kocht, Erbsensuppen mit dicken Nudeln darin sind gehaltvoll, so hört es die Tochter von ihm. *Man muss.* Die Mutter steht bescheiden daneben.

Und jeden Abend bringt der Vater ihr ein mit wunderlich rosa-orangenem Saft gefülltes Glas, in das er ein rohes Ei geschlagen hat. Jeden Abend und jahrelang. Er bringt es, wenn sie gerade ruhig in ihr Bett gegangen ist, und sie wartet schon darauf, jeden Abend. *Man muss. Man muss.* Sie trinkt es tapfer, jahrelang, es riecht streng, und das, da sie es, wie sie meint, eine kleine Ewigkeit lang trinkt, auch schon dann, wenn sie nur daran denkt. Sehr viele Jahre später, als Charlotte geheiratet hatte, den Mann, der vom Vater nicht für sie vorgesehen gewesen war, und von dem ihr Vater eine „Josefs-Ehe" verlangt hatte, sein väterliches Geständnis: dass, hätte er kommen sehen was gekommen ist mit dem Mann und auch das, was nicht gekommen ist, er ihr niemals das rohe Ei gereicht hätte, allabendlich. Beziehungsgegebenheiten und eheliche Gepflogenheiten führt er auf dieses sein Versagen mit dem rohen Ei, täglich frisch und jahrelang gerührt, zurück. Dessen Wirkungen auf die Tochter habe er verkannt und wie Schuppen sei ihm das von den Augen gefallen, viel zu spät.

Zu einer Josefs-Ehe hat seine Erkenntnis jedoch für Charlotte nicht geführt.

*„Die Zukunft zeigt sich uns,
lange bevor sie eintritt."*

Schulmädchenhafte Erinnerungen

Die höhere Töchterschule bot kein Problem. Lehrerinnen dort bemühen sich um Schülerinnen, mehr oder weniger, mehr oder weniger kompetent, alle Lehrer sind weiblichen Geschlechts. Die Lehrerin schätzt den Durchschnitt. Ihr Bildungsauftrag ist das Streben nach dem Gleichmaß angemessenen Verhaltens und das Vermitteln festgelegter Themen, dies auf der Basis christlichen *Know-hows*. Was die Vorgaben überfordern könnte, Gedankengut, das aufregend oder gar bedenklich wäre, gilt es tunlichst zu vermeiden. Und so verhält die Lehrerin sich ausgewogen, unaufgeregt erfüllt sie ihre Pflicht, fast scheint sie gelangweilt, sie macht ihre Arbeit und tut ihre Pflicht und die Schülerin lernt, mehr oder weniger, mehr oder weniger interessiert.

Charlotte, das Mädchen, Charlotte, der Teenager, gefällt sich im schulischen Lernen kaum, was „Hauptfach" genannt wird vernachlässigt sie, an den „Fleißfächern" geht sie achtlos vorüber. Charlotte lernt nicht mit Fleiß, sie umgibt sich mit eigenen Themen, die ihren Kopf durchwandern.

Im Deutschen aber gefällt sie sich und sie begeistert sich auch für die Fremdsprache, da hat sie wohl eine Begabung. Dem handarbeitlichen Sticken von Kissen und Decken, diesem nicht zu entkommenden Fach einer höheren Schule für Töchter, entzieht sie dagegen die Einsicht und setzt dieser *zwei linke Hände* entgegen, wider die Sinnhaftigkeit solchen Tuens.

Den Sportunterricht schätzt sie nicht, sie ist verschämt und gehemmt, sie ist auf sich selbst fixiert, nicht auf das, was man zeigen könnte. Charlotte liebt ihren Körper nicht, und so kommt es, dass sie sich nicht präsentiert, nicht dort in der Turnhalle, wo andere Augen schauen. Dass über die langbeinige Sporthose stets das blaue Röckchen gezogen wird, um Mädchenhaftes zu spiegeln und die Erotik sanft zu verhüllen, hilft ihr nicht wirklich, ein motorisches Handeln im freien Bewegen könnte es nicht legitimieren. Die eigenen Augen lassen sich nicht schamhaft senken, ungeschickt sein und sich ängstlich-bewegend zu drehen und locker zu wenden, das will sie nicht, sie bemüht sich *dagegen* und wird so erst recht zum „*clumsy child*". Anmut zu zeigen bleibt Wunsch und Bild, vorgestellt und in den Gedanken zärtlich geknüpft und gesponnen, wie ein traumhaft versponnener Tanz.

Im Klassenzimmer bezieht sie den festen Platz und verteidigt diesen weit hinten im Raum. Hier kann sich ein Mädchen fast unsichtbar machen, hinter der Vor-Reihe verstecken und wird nur ganz selten um eine Antwort gefragt. Nicht, dass sie keine Antwort je wüsste, oh ja, meistens könnte sie mehr als einiges und auch ganz richtiges längst vor den anderen sagen, sie ist sehr schnell im Denken. Aber sie traut sich das nicht, die klugen Sätze bleiben *in ihr*, im inneren Bild und im Fühlen des Mädchens. Sie haften dort fest und haben keinen Zugang nach außen. Dass nun die Lehrerin sie bitte nicht ansprechen möge, ist die vom Mädchen gewollte Herausforderung pädagogischen Verhaltens, das nur das ihre ist, sie erlebt es für sich als angenehm. Charlotte empfindet Dankbarkeit. Sie sei nicht schön genug, um Sprech- und Blickkontakt zu suchen, hat sie für sich entschieden, jungmädchenhafte „Unebenheiten" gilt es besser zu verschließen, deutlich markant sind solche für sie leider doch zu spüren, im *Teint*, dort außen an der Wange, holprig auf der rechten Seite. Ein *Sich-unsichtbar-machen* tut gut, ein *Selten-aufgerufen-werden* hilft der Seele, es hilft auch, den Namen leise zu verbergen, den das Mädchen trägt und der ihr nicht gefällt, auch nicht ein kleines bisschen.

„*Charlotte*"! Wer heißt schon so? Charlotte ist *ihr* Name und er bringt ihr Pein. *Charlotte …lotte … lotte …* hört sie als tönendes

Echo und sie lachen alle, sehr leise, aber sie lachen, die
Mädchen vor und neben ihr, ganz deutlich ist es zu spüren.
Sie stoßen sich an und lachen in sich hinein. Wie schön wäre
es, Elisabeth zu heißen, E-li-sa-beth, das klingt wie Helligkeit
und honig-blondes Haar, dieser Name klingt wie Singen.
Oder Katharina oder Annalena oder sogar Annika.
„Charlotte" ist ein beklemmendes Wort, *altbacken* nach ihrem
Empfinden, und allein dieses Empfinden zählt und hat
Bedeutung. Nicht-angesprochen-werden ist also durchaus ein
Weg, gangbar und helfend ist er, wenn es darum gehen soll,
dem Versinken im Erdboden zu entfliehen. Es ist ein
angenehmer Weg. Charlotte schämt sich ihres Namens, ein
Leben lang wird das so sein.

Natürlich und leider hilft das Nicht-angesprochen-werden
auch, die festgefügten Zeugnis-Noten schlecht zu machen.
Fehlbewertungen entstehen schnell, sie quälen und sind
ungerecht, und lassen sich doch nicht vermeiden. Neidvoll
stöhnt das Mädchen, neidvoll schweigt es, und neidvoll-
traurig achtet es auf Leonie, auf die so naseweise beste
Freundin, die immer in der ersten Reihe sitzt. Leonie
antwortet auf *alle* Fragen, auch auf die noch nicht gestellten,
sofort, schnell und meistens falsch. Sie sagt, dass sie die Dinge
nicht verstanden hat, nochmaliges Erklären sei ihr
Herzenswunsch. Ihn zu erfüllen, sei ihr mehr als wichtig, laut
und deutlich bittet sie darum und sehr direkt.

Das bringt nichts als Wohlgefallen, und das ist eben Leonie,
beneidenswert und frei im Reden, Leonie, die so gut
Schlittschuhlaufen kann und die mit Stelzen durch die großen
Wasserpfützen geht.

*

Charlotte wandert gerne in Gedanken und auch das ist Schule
für sie. Charlotte *singt* gerne, manchmal auch gut. Die

Wandergitarre hilft ihr dabei, und wenn sie mit den Akkorden spielt, für sich und mit sich ganz allein, ist es wie Singen, und es singt sich, wenn auch sehr leise, ganz von selbst, weil Akkorde ja sonst sinnlos sind.

Wohl nützlich ist eine Gitarre ihr schon, doch nicht im unterrichtlichen Raum, nicht in den Zeiten der Schule. Das Spielen darauf und das klangvolle Singen wären als Taten dort offen zu legen, aus dem privaten Fühlen herauszunehmen und frei zu stellen.

So weit würde Charlotte nicht gehen, diese Öffentlichkeit wagt sie nicht.

Gedanken wandern zur Mädchengruppe. Die trifft sich im Pfarrheim, allwöchentlich, und dort, nur dort, hat die Gitarre ihr nützliches Feld. Dort wird das Spielen gebraucht und die Gruppe macht Mut. Die Gruppe beschützt und das Mädchen spielt und fühlt sich geborgen. *Und das Mädchen singt.* Charlotte singt lauter als sie kann.

Der Vater ist stolz und Charlotte wird Unterricht nehmen, Kompetenzen erwerben mit der Gitarre, das ist der Auftrag, an einem Nachmittag in jeder Woche, so wird es ausgehandelt. Sie darf üben, bei einer alten Lady tut sie es. Charlotte erhält eine Einzelstunde, Gemeinschaftlichkeit ist nicht gefragt. Notenspiel lässt sich erlernen, Melodien bilden sich und sind doch musikalischen Fühlens nicht wert, meint Charlotte. Ein Lied *ist zu singen um seiner Seele willen*, meint das lernende Kind.

Gesungen wird nicht, nicht an einem einzigen Nachmittag und in keiner Woche, die Seele entfällt und die Sehnsucht bleibt.

Mit alten Ladies singt man nicht.

Sie hat sich stets ein Klavier gewünscht, *das* war ihr Traum. Tasten sind edel, kühl und glatt, sie lassen es zu, sich ganz zu vertiefen und ihren Tönen nichts als zu lauschen. Bis heute hat sie es nicht und sie wird sich keines jemals erwerben. Manche Dinge des Lebens sind jetzt und soeben zu tun oder nicht, danach haben sie ihren Glanz verloren. Und so übt sie das Notenspiel weiterhin auf der Gitarre. Ein Lauschen ist damit nicht zwingend verbunden. Das Zupfen bleibt Ritual ... *eins, zwei, drei...*, eine Arbeit an einem Nachmittag in jeder Woche, sich brav wiederholend ... *eins, zwei, drei...*, und manchmal ist es auch nett.

Tanzen braucht man nicht zu lernen

Gedanken wandern zur Schule zurück. Fester Bestandteil einer höheren Töchterschule ist es, der Klasse mit den heranreifenden Töchtern eine „*Tanzstunde*" zu bieten. Seriös organisiert, außerhalb und in privater Räumlichkeit, die von der Schulleitung als nötig erachteten „Gütekriterien" strengstens geprüft, soll das Tanzen erlernt werden.

Die Knabenschule von nebenan hält ihre heranreifenden Jungen bereit und bringt sie zum Ort des Geschehens. Am sehr frühen Abend ereignet sich dann dieser Unterricht, zweimal pro Woche, der Zeitraum dafür ist genauestens festgelegt. Das einmalig Gebotene ist von den Eltern privat zu bezahlen, auch das festliche Kleid und die Schuhe, die ein Mädchen der höheren Töchterschule zu tragen hat. Die Eltern sparen voller Stolz. Für stolze Dinge zahlt man gern und die Knaben kommen aus gutem Hause und von gleich nebenan, von einem Gymnasium konfessioneller Prägung.

Es ist eine große Aufregung in der Klasse und Leonie, das Mädchen aus der ersten Reihe, so beneidenswert und frei im Reden, Leonie, der Leserin und dem Leser längst bekannt, Leonie, die so gut Schlittschuhlaufen kann und die mit Stelzen durch die großen Wasserpfützen stapft, ergeht sich in Anweisungen zum korrekten und zurückhaltenden Verhalten. Gemeint ist hier der Umgang mit dem Tanzpartner, der einem Mädchen angeordnet und strikte zugeordnet wird, stets ohne eigene Einflussnahme und stets überraschend ist dieser Partner einfach zu „ergreifen".

Am Morgen danach ist das Erlebte flüssig, aber schamvoll leise zu berichten, die Fortschritte im Tanzen und, etwas kühner, das Fühlen jungmännlicher Nähe. Von einer neuen Körperlichkeit flüstern sich die Mädchen, als wärmend wird sie beschrieben und so wurde sie auch empfunden, außerhalb der Schule und dort draußen, am sehr frühen Abend. Es wird viel erzählt in den Pausen, draußen auf dem Hof, wo es kein Lehrkörper hört, all das, was erregend klingt und was sie erleben konnten, ein wenig berauschend, zum ersten Mal.

Sie ist doch ganz spannend und heftig begeisternd, diese besondere Zeit. Die Schritte im Tanzen werden bedächtig gezählt, immer wieder, und sie werden ernsthaft studiert und erprobt, ...*eins, zwei, drei, ... eins, zwei, drei*.... Sie werden bedächtig gezählt, immer wieder, und bleiben doch so bedeutungslos neben den herzklopfenden Bildern und den zaghaften Wünschen, die sich vertraut machen möchten, neben dem, was den Mädchenkörper verwirrt und dem, was verwirrend ist.

Und die Schritte werden bedächtig gezählt. Alle sind sie beteiligt, ... *eins, zwei, drei* ..., beim Tanzen da drinnen und außerhalb - und heute da draußen auf dem Hof.

Alle sind sie beteiligt, *nicht aber* Charlotte. *Sie* hat nicht teilnehmen dürfen an dieser Tanzstunde, als Einzige nicht,

nicht an den gezählten Stunden am sehr frühen Abend und
nicht am Erleben.

Tanzen braucht man nicht zu lernen,

hat der Vater verfügt, und er hat diese Tanzstunde als unnötig
abgetan, ja, gar als keinesfalls passend für seine Tochter, für
Charlotte, die ihm so sehr am Herzen liegt.

Er wird schon gewusst haben, warum, sagt sich Charlotte,
und sie hört still dem Erzählen zu. Sie weint nicht. Was man
hautnah *nicht* erleben kann, ist kein Verlust, denkt sie sich still,
und so hat sie ja nichts gehabt, das sie hätte verlieren können.

Die Freuden der Pflicht

Zurück nun zur echten Schule. In seiner *„Deutschstunde"*
erzählt Siegfried Lenz *die Freuden der Pflicht* als ein Thema von
Schule. Seine Sichtweise berührt Charlotte zutiefst. Ein so
klares Verständnis von Schule kann gefallen. Sie hat sich den
Text ausgelegt und für sich selbst zu eigen gemacht.

Freuden der Pflicht spiegeln sich auch in Zahlen, das sind in
ein Zeugnis geschriebene Noten. Die deutsche Sprache bringt
gute Noten, Charlotte liebt Ideenreichtum und das Schreiben,
auch andere Sprachen sind Freuden der Pflicht, die Leserin
und der Leser wissen es schon. Die „Zahlen" in diesem und
jenem Fachbereich aber sind einfach enttäuschend, sie wären
weit lichtere, würde Charlotte das eigene Denken nicht an die
anderen Felder vergeben. Aber sie liebt doch die weiten und
freien Gedanken, sie kann und sie will auch nicht anders
agieren. Mathematisches Lernen zeigt sich ihr fremd. Sie lehnt
es ab, für immer und ewig bleibt es enttäuschend, da sie ja

das, was die Lehrerin „Grundlagen" nennt, freudvoll
versäumt.

Es gibt Dinge im Leben, die sich nicht nachholen lassen und
Fachgebiete, die dies gar nicht zulassen möchten, - Interessen
des Geistes sind Eigenheit und zeigen sich höchst personal,
die Leserin und der Leser haben auch das schon erfahren.

Eine fachliche Wahl ist für den Vater nicht relevant,
individuelles Entscheiden und Abwägen nach Wünschen
entzieht sich seinem Verständnis. Wichtig aber in einem
höchsten Grade sind ein „gut" in de*r Religion* und ein „gut" im
Betragen. Diesen Vorschriften kommt Charlotte nach.

Bis auf ein einziges Mal. Das neue Zeugnis zeigt im Betragen
ein „ausreichend", jenes Ereignis kommt einer Dramatik
gleich und ist tief in die Seele geschrieben. Charlotte erinnert
sich: Das Urteil „ausreichend" ist einzig und allein einer
kleinen Episode geschuldet, ihr Ort ist die unschuldige
Eisenbahn. Vier Mädchen sind im Abteil, wie an jedem
Schultag, gute Schulfreundinnen verstehen sich und halten
zusammen. Draußen am Bahnsteig geht Lars entlang, längst
heimlich angelachter Schwarm zum liebevollen Verspotten.
Er geht vorbei, das Mädchenabteil nicht beachtend, weil er ja
niemals nach ihnen, den Mädchen schaut, niemals mit einem
Blick. Sie stürzen zum Fenster, alle zugleich, ein wenig
verschämt und doch mit viel Spaß, und so ein Fenster in
einem alten Abteil einer noch älteren Eisenbahn ist dünn. Es
zerbricht und der Schaffner meldet die Sache der Schule und
die Ungezogenheit wird publik. Die Schule muss handeln,
eine höhere Töchterschule verpflichtet. Die Eltern bezahlen
die Scheibe und im Zeugnis ist dieses ausreichend vermerkt,
im Betragen, und unauslöschlich. Die Scheibe des Fensters,
das so leidenschaftlich zerbrach, hat das „ausreichend"
verfügt.

Es trifft alle vier Mädchen, - dem einen von ihnen erscheint es bedrohlich. Hier und nun eben sind sie *kein* Spiel, die Freuden der Pflicht.

Charlotte steigt die Treppe hinauf in ihr Zimmer, in ihrer Tasche trägt sie das Zeugnis, sie trägt es gewichtig, und es wiegt schwer. Sie fühlt sich krank und sie legt sich tief in ihr Bett, am hell-lichten Tag. Sie wartet. Eine Stunde lang wartet sie still, dann hört sie das Knarren und auf der Treppe die Schritte, es sind die des Vaters. Das Zeugnis also lässt sich nicht länger verbergen. Kein „ausreichend" in einem der möglichen Fachgebiete hätte des Vaters Aufmerksamkeit belastet. Aber das „ausreichend" im *Betragen*, dem Spiegel charakterlichen Verhaltens und dem Abbild urteilender Meinung von außen, es ist für den sorgenden Vater nicht zu verstehen. Es verletzt ihn zutiefst in sich und in seinem Gefühl der Ehre, dieses „ausreichend" ist allzu sehr auf das Blickfeld der anderen gerichtet.

Er sagt nicht ein einziges Wort. Mit dem beschriebenen Blatt in der Hand, das sich Zeugnis nennt, steht er im Raum. Stumm. Charlotte bleibt ebenfalls stumm. Hätte sie eine Möglichkeit zu sterben, würde sie es jetzt und gerne und ohne ein Zögern tun, - aber sie lebt weiter.

„Du stirbst nicht", so hat es sich Kathrin Schmidt gesagt in dem Buch, das Charlotte so liebt und verehrt, und die junge Schriftstellerin erntet den Deutschen Buchpreis für genau dieses Wort. Solche Zuversicht macht auch dem Mädchen Mut:

Für Kathrin Schmidt ging es schließlich um viel. Für Charlotte geht es nur um die Freuden der Pflicht. Dafür lohnt es sich nicht zu sterben.

*„Ist nicht ein helfendes Leben
ein zehnfaches?"*

Eine kleine emotionale Intelligenz

Das Mädchen sucht nach einem Beruf, den es freudvoll zu erlernen gäbe, der Abschluss einer höheren Töchterschule sieht das vor. Die Tochter, bald erwachsen, will keinen Job der „technisch" ausgerichtet wäre, gar mathematische Kenntnisse einfordern könnte, diese Vorstellung verneint sie, kaufmännisches Handeln verwirft sie für sich seit eh und je. Hier und nahezu einmalig in ihrem und des Vaters Leben verweigert sie sich seinem Wunsch. Nichts in ihr kann sie ermuntern zu dem, was gedacht ist, nichts dazu, dem kleinen handwerklichen Betrieb, der schließlich nur für sie, Charlotte, gegründet worden war, und den es ohne sie, das Kind, niemals gegeben hätte, ein Ansehen zu geben, ihn expansiv und kreativ zu führen, dem väterlichen Stolz entsprechend. Nichts von jenem wird geschehen, nichts. Sie, Charlotte wird sich nicht verkaufen.

Die praktischen Pflichten der helfenden Tochter im Alltag verweigert sie allerdings nicht. Die väterliche Buchführung verlangt Präsenz, zeitraubend, an jedem Wochenende. Und Charlotte betätigt sich. Er könnte es nicht und sie tut es. Sie sitzt über dem großen Journal, stundenlang, sie überprüft Aufträge und Einkünfte. Sie bringt sich rechnerisch ein und der Vater weiß sie nützlich beschäftigt, für sich und die Arbeit, nicht für verspielte Ideen. Später fährt sie sein Auto, den kleinen Lieferwagen, vor dem Gesetz ist sie dazu zu jung und tut es doch.

Alltägliches Leben ist Arbeit, so ist sie erzogen, sie kennt kein Hobby und also vermisst sie es nicht. Für das, was sie in Fülle tut, neben der Schule, ist die Welt gut für sie und ganz in der Ordnung, es ist eine arbeitsame Welt.

Die Schulzeit endet und die Suche nach der beruflichen Richtung gewinnt an Aktualität. Charlotte wünscht sich einen Beruf, der nur der *ihre* werden soll, sie wählt sich *ihre* Gedanken selbst, zu einer Ausbildung, die *ihr* entsprechen könnte. Oh ja, da ist sie, die Lust am Lernen, plötzlich und konsequent und spannend im Fühlen.

Es liegt eine große Sehnsucht in dieser Lust. Sie berauscht das Mädchen und hat mit Gefühl *und* mit Fühlen zu tun, und nur eine Tätigkeit wachen Fühlens kommt für Charlotte infrage. Emotionales Empfinden weit verbreiten, das ist es, was sie möchte, im Ganzen.

Eine große emotionale Intelligenz kann Menschen kommunikativ umfassen, das Mädchen spürt sie in sich, es weiß sie in sich, da ist es sich ganz und gar sicher. Diese Fähigkeit möchte sie nutzen und von dieser heraus etwas geben. Charlotte ist zum zwischenmenschlichen Einsatz bereit. Das ist kein Interesse an einer Sache oder der Wunsch des Handelns aufgrund von Begabung, es ist viel mehr: es ist eine Sehnsucht nach einem Mit- und dem Füreinander, und nach Beziehungen, die zu knüpfen wären. Deshalb will sie gern eine Lehrerin werden oder eine Fachfrau der Psychologie. Mehr noch und am liebsten aber eine Ärztin für psychiatrische Felder und für deren Nöte, die Konsequenzen seelischer Höhen und Tiefen beschäftigen sie zutiefst. Das Menschlich-Spezielle dort wird sie nie loslassen, als Themenkreis fesselt es sie ein Leben lang.

Träume erfüllen sich selten, das Mädchen müsste Veränderung wagen und in die große Stadt wechseln, um dort studieren und lernen zu können. Das aber liegt nicht im Möglichen, denn eine Stadt, die sich Hamburg, München und Frankfurt nennt, oder sogar Paris, ist viel zu gefährlich. Das weiß der Vater, er hat es glaubhaft beschworen.

*

Und so bleibt sie da, wo sie ist und stets war, in der kleinen Stadt, und sie erlernt den Beruf, der ihr gut tut und der ihr bekömmlich ist. Nicht nur die *große* emotionale Intelligenz vermittelt die Chance, eine Beziehung zu knüpfen, sagt sich das Mädchen. Das tut doch ein jeder Beruf, der sich „helfend" nennt, ein jeder davon verlangt *eine kleine emotionale Intelligenz* und geht nicht darüber hinaus. Das genügt, und auch das ist viel.

Wie gut tut es doch, sich als eine „Helferin" zu verstehen, das denkt sie eben und sie denkt es im ganzen Leben. Sie findet ihren Beruf. Heiter erlernt sie denselben und geht ihren Weg, geradeaus. Charlotte ist zufrieden, mit sich und mit ihrer Welt.

Traurig ist nur der Vater, denn im berufsqualifizierenden Abschluss, den eine büttenpapier-bedruckte Urkunde ausweist, steht letztlich nur eine zweitbeste Note.

Die erstbeste Note, vom Vater als sicher erwartet, wird nicht erreicht und ist also dort auch nicht vermerkt.

Flieg nicht zu hoch, mein kleiner Freund,

singt Nicole, deren Texte Charlotte so schätzt, Nicole singt nicht *Über den Wolken muss die Freiheit wohl grenzenlos sein,* – das singt Reinhard Mey.

Nachgedachte Welten

Vor lauter Rauschen und Staunen sei still,
du mein tieftiefes Leben;
daß du weißt, was der Wind dir will,
eh noch die Birken beben.

Und wenn dir einmal das Schweigen sprach,
laß deine Sinne besiegen.
Jedem Hauche gib dich, gib nach,
er wird dich lieben und wiegen.
Und dann meine Seele sei weit, sei weit,
daß dir das Leben gelinge,
breite dich wie ein Feierkleid
über die sinnenden Dinge.

Rainer Maria Rilke

Wenn sich etwas Heimat nennt

Franziska Schön wechselt gerne ihre Welten, sie hat schon fast überall gelebt, beinahe überall, so kommt es ihr zuweilen vor. Beinahe überall, das sind höchst komfortable oder auch höchst eigenwillige Häuser an Orten, die sich nicht oder nur wenig ähneln, das sind Dörfer, Städte, Länder, nicht nur hier, sondern sogar auf den verschiedenen Kontinenten. Sehr gekonnt gelingt es Franziska immer, jene Behausung zu finden, die sie sich soeben wünscht, die für sie gerade jetzt

einmalig und gewollt, ja, momentan einzigartig ist, darin ist sie
inzwischen gut geübt. Mit wachen Sinnen handelt sie und
sucht sich *ihre momentane Lebens-Welt*. Beherzt und frohgemut
sucht sie im schnellen Überblick, die marktbietenden
Chancen erkennt sie spontan und zögert nicht. Sie greift zu.

Franziska Schön wohnt nur in Räumlichkeiten, die einen
Erstbezug zulassen, deren Türklinken und Lichtschalter noch
niemals mit einer anderen Person ernsthaft in Berührung
gekommen sein können, von der Vorstellung eines bereits
durch andere in Benutzung genommenen Badezimmers,
seiner Wasserhähne oder eines der weiß-glänzenden Becken
ganz zu schweigen. Oh nein, ein vor ihrer eigenen In-
Besitznahme bewohntes Domizil, für sie ist es undenkbar.
Solches bleibt jenseits jeglicher Vorstellung. Freundlich und
warm, aber auch klassisch schön in ihrer Einmaligkeit hat eine
Wohnung zu sein, attraktiv muss sie anmuten – nur für sie
selbst, für Franziska attraktiv.

Wohnst du noch oder lebst du schon? Dieser nette Spruch ist doch
zu schade, um nur als ein Ikea-Slogan angesehen zu werden,
hat sie für sich entschieden. Ja, die gepflegte Umgebung, die
das Hinaus-Schauen aus den Fenstern zulässt, das Schauen
auf eine gefällige Außenwelt und in diese hinein, auch diesen
Blick sorgsam gewählt nach ihren eigenen Wünschen und
ganz nach *ihrem* Geschmack, schließlich hat sie „ein
Händchen" für diese Dinge, das ist es, was sie will, was ihr
heimatlich ist und was sie so schwungvoll glücklich macht.
Eine Heimat zu haben ist für einen Menschen so wichtig wie für
eine Pflanze, die wachsen und frisch bleiben möchte, das weiß
sie doch als eine clevere Frau, für die sie sich ja unbedingt
halten darf.

Und also sind es die vier Wände selbst, die ihr eine Heimat
schenken, und jedes einzelne der sorgsam ausgewählten und
darin gehüteten Möbelstücke muss bereit sein, ihr eine
komfortable Stütze zu bieten, eine Hülle, die sie umgibt wie
ein edles Gewand, sie aber auch fest abgrenzen kann von

Einflüssen, die ungewünscht sein könnten und je von außen hätten kommen können. So, wie nun ihre Heimat ist, gerade eben, fühlt sie sich darin geborgen. Dafür sind Wände da, so erzeugen sie doch diese herrliche Wärme und dies ist ihr sozialer Auftrag, auch das hat sie inzwischen längst erkannt.

Ach, ist das doch schön, sich an den Dingen festhalten zu können, sagt sich Franziska. Sich dieses Wohlgefühl zu bewahren, daran wird sie nicht rütteln, diese Zeichensetzung alltäglichen Lebens ist viel zu bedeutsam für sie. Alle ihre Möbelstücke bleiben unverrückbar, Veränderungen sind nicht gewollt, das weiß auch die emsige Putzfrau, diese Helferin kennt ihren Auftrag im Detail und weiß sich augenüberwacht. Sie achtet das Bedürfnis absoluter Pfleglichkeit auch der allerkleinsten Teile und sie sorgt für die makellose Oberfläche des Bodens, über den die Füße voller Sanftheit schweben, sein edles Holz präsentiert sich stets fleckenlos. Niemals wurde der Fußboden je von einer unerbetenen Schuhsohle betreten, und niemals würde er je vom Profil eines simplen Straßenschuhes benetzt werden, aber nein, keinesfalls.

An jedem Tag geht Franziska von Wand zu Wand, von der einen Wand zu der anderen Wand, von der anderen Wand zurück zu der einen. Sie berührt deren Anfang und deren Ende. Sie überprüft Höhen und Tiefen, betastet die Ecken und die Kanten. Mit zwei Fingern fährt sie liebevoll-vorsichtig über die Mitte.

Sie berührt die Bücher in den breiten Regalen. Oh ja, selbst mit geschlossenen Augen weiß sie jedes Buch an seinem Platz, ihm hintergründig zugedacht. Es sind sehr kunterbunte Bücher, die ganz unterschiedlichen Ansprüchen und Wünschen genügen, sie sind kaum mehr zu zählen, es kommen immerzu neue hinzu, und niemals sind es solche Taschenbücher, wie sie in Pappe gedeckelt sind. Nein, es sind gebundene Bücher, und diejenigen mit den farbigen Umschlägen glänzen heraus und setzen einen Tupfer. So zeigt sich die Bücherwand absolut *trendy*, nicht altbacken-antiquiert oder gar dunkel-verstaubt.

Franziska tastet und testet, ja, so fühlt sich alles lebendig an, und wonniglich ruhig und kühl und warm. Sich in der Wohnung umzuschauen und zu erleben, wie die bunten Bücher mit ihr lachen, der kleine Tisch und die Vase darauf so zu ihr sprechen, dass sie eine Antwort geben muss mit dem Herzen, das ist ihre Welt. Und all die Bücher wird sie lesen, erstmalig und vielmalig, heute und irgendwann einmal und eines Tages, die neuen und die längst altvertrauten, ja, auch diese, und, ja, einige von ihnen zum wiederholten Mal.

Am frühen Morgen liebt sie es, ihren Blick schweifen zu lassen um festzustellen, alles sei in seiner Ordnung und der Tag könne demnach kommen, - manchmal zwingt es sie sogar, in der Nacht behände aufzustehen, ihr Zuhause zu durchrunden, leise und auf pantoffel-bekleideten Füßen, um dann, ebenso leise, stillvergnügt wieder zu sich selbst zurückzukehren.

Den beginnenden Tag zu strukturieren, das ist Franziska ein Anliegen. *Strukturen und Rituale* darin schaffen Behaglichkeit und gefallen ihr. Dieses eigen-geordnete Leben, eingebettet in das, was sie für sich auch „ihre Routine-Sache" nennt, festgesteckt und klar durchdacht, hat sie für gut befunden. Ein Alleinsein darin ist ihr wohlig vertraut, eine heitere Leichtigkeit hat es für sie, und es ist doch keine Einsamkeit, allein zu sein. Es ist einfach ihr Prinzip. Bis zum Heute hat sie dieses nicht verändert und also hat sich nichts *ge*-ändert. Beständig bleibt sie, ihre kleine wohlige Welt, und sie, die flotte Frau, die sie belebt, fühlt sich zufrieden.

Sie fühlt sich heimatlich, rundherum.

*

Strukturen laden gerne dazu ein, sich auflösen zu wollen, Franziska weiß auch das sehr wohl, und begeistert folgt sie diesem Gang: in keinem der gewählten Häuser bleibt sie eine lange Zeit hindurch, nicht für einen Zeitraum, der sie ungeduldig machen könnte, lang andauernd heißt für sie, nicht gerne allzu lang. Sich diese Freiheit gekonnt-geschickt zu organisieren hat sie gelernt, und auf diese *ihre* Weise ist sie nie fest gebunden, - aber auch niemals heimatlos. Franziska Schön ist stolz darauf, sich ihre Heimaten zu bilden, soeben für sie passend und soeben schön für sie.

Das Wechseln in eine stets „neue Welt" ist voll von Emotionen und bietet ihr Anregungen in Fülle. Langeweile kennt sie nicht. Sie lebt die Abwechslungen ganz bewusst, der „Sprung" von Ort zu Ort beflügelt sie und bringt ihr jedes Mal die neu-vertraute Ebene, tragfähig und angemessen nur ihr selbst. Ist das nicht einfach wunderbar, so ein ganz persönliches Heimatgefühl? Franziska pflegt es, sie hegt und pflegt es auf ihre Weise. Oh ja, sie liebt sie, diese Verschiedenheiten, sie liebt Veränderungen, die sich dennoch ähnlich sind im inneren Gestalten. Behutsam wählt sie sich den gut durchdachten Wechsel, immer wieder und beinahe überall und in stets gleichbleibenden Gedanken und Gesetzen, - immer wieder und beinahe überall.

All diese Gedanken machen sie glücklich. Sie geben ihr *ihre* Geborgenheit, und sie geben ihr jenes Gefühl, das ein Mensch spüren kann, wenn sich etwas Heimat nennt.

„Es ist die Kunst – zu leben!"

Kleine Kontakte muss man suchen

Sie ist eine kluge Frau. Für ein Wohlbefinden, das doch schließlich weiter reicht, braucht es soziale Bezüge, das weiß sie genau, und für sich selbst ist sie darauf bedacht, sich diese auch zu sichern. Sie wendet sich nach außen, wiederum auf *ihre* Weise, sie sucht sich eben *ihre* Wege.

Du musst dir Begegnungen schaffen, Franziska, das sagt sie zu sich selbst.

Inmitten von etwas zu sein, das meint ja, im Mitten-drin-Sein zu leben und schließt damit all das aus, was eine „soziale Isolation" entstehen lassen könnte. Solche Begrifflichkeiten kennt sie genau, schließlich ist sie nicht nur eine clevere, sondern auch eine gebildete Frau. Theoretische Studien sind ihr geläufig, und die Erkenntnisse daraus sind ihr doch so gut bekannt. Und so lebt Franziska ihre festgefügte Überzeugung: Begegnungen sind wichtig. Gefahren von Vereinsamung mit ihren seelisch-körperlichen Folgen sind nicht zu unterschätzen, sollte die Bedeutung von Bezügen, schlicht ein menschliches Miteinander, konsequent missachtet werden.

So gesehen gibt es die Verpflichtung, in eine Kommunikation zu treten, nichts anderes ist gemeint, und Franziska steht dazu, jederzeit ist sie bereit, sich darauf einzulassen. Gern und fröhlich ist sie dazu bereit.

Munter macht sie sich auf die Suche nach ihren sozialen Kontakten, und sie formt sie sich. Kommunikation hat schließlich viele Gesichter, dieses zutiefst menschliche Anliegen greift sie auf, Gemeinsamkeiten sind Vorgaben zum Handeln, also beginnt sie munter damit. Gemeinsamkeiten

können auf dieser Basis lebenspraktisch werden, und sie,
Franziska Schön, wird sie nicht umgehen.

„Man kann nicht nicht kommunizieren" heißt der Leitsatz,
psychologisch stark ist er und auch er ist ihr sehr wohl
vertraut. Er bietet Raum für die sozialen Wünsche und zeigt
Wege auf, und darin ganz viele Möglichkeiten, auch die ihren.

Daheim im world wide web

Da bietet sich als erstes doch das System ihres persönlichen
Computers an und angenehm freundlich auch all die anderen
kleinen und netten elektronischen Geräte, die man heute
gerne *Gadgets* nennt. Sie alle haben schließlich einen großen
kommunikativen Auftrag, dazu sind sie ja da. E-Mails zu
schreiben, sie zu empfangen und darauf zu reagieren, das
„Short message system" oder die „WhatsApp" zu nutzen, das
ist für Franziska ein sehr liebenswertes Tun. Diese Tätigkeiten
würde sie niemals versäumen und es ist ihr sich am Tage
vielfach wiederholendes Werk, Nachrichten abzurufen und
einzusehen, auch dies ist ein Ritual, und auch es fest in ihr
Leben eingebunden, die Leserin und der Leser haben schon
erfahren, wie sehr ihr Rituale gefallen.

Sie sichtet ihre Eingänge, und dies an allen ihren Geräten, die
schließlich mehrfach zur Verfügung stehen, *gleichzeitig,
nacheinander, nebeneinander*, dann wieder gleichzeitig,
nacheinander, nebeneinander … und gleichzeitig,
nacheinander, nebeneinander…

Sie findet es spannend, ihre Nachrichten zu lesen, einige sind
geschäftlicher Natur und müssen beantwortet werden, andere
empfehlen sich als Werbung. Sie liebt sie alle, und am meisten

diejenigen mit einer persönlichen Prägung, damit fühlt sie sich angesprochen, sie spürt eine Freude in sich und es entsteht eine sich vernetzende Gegenseitigkeit, und dies, obwohl keine körperliche Nähe verlangt ist. Sympathisch ist das und kommt ihr durchaus entgegen.

Die Nachrichten klingen sich in ihr Herz hinein, und Messages wie *„Durchatmen vor dem Jahreswechsel, Frau Schön"* oder *„Franziska, buche jetzt eine fantastische Schiffsreise"*, würde sie, obgleich selbst nicht verwendet, doch niemals als „Junk-Mail" einstufen oder gar daraufhin überprüfen und unterbinden. Telefonate hingegen, mit einem Hörer am Ohr, oder gar Videochats verwirft sie für sich und versucht solchen Einmischungen eher zu entkommen. Diese Dinge blendet sie gerne aus. Allzu spür- und gar sichtbare Nähe, und wenn auch nur unter dem Einsatz von kleinen Geräten, setzt Abhängigkeiten und kann die persönliche Intimität blockieren, solches gilt es besser und tunlichst zu vermeiden, ja, es ist doch viel besser, Freiheiten und Freiräume zu schützen - und sich selbst zu *be*schützen.

Die sozialen Netzwerke hingegen, wie sie das „world wide web" als Menschen verknüpfenden Service ganz selbstverständlich bietet, sprechen sie an, und der Verpflichtung, Beiträge anderer, etwa auf Facebook, *zu* *„liken"*, kommt sie sehr munter nach, auch gewissenhaft und nicht ohne Ernsthaftigkeit, der Slogan *„Haben Sie heute schon geliked?"* hat für Franziska Gültigkeit.

Sie liked von oben nach unten, der jeweilige Inhalt erreicht ihr Interesse nicht wirklich, das Liken selbst bringt ihr Spaß und ist ihr Genuss, und Franziska „klickt" ihr Dabeisein, fröhlich und positiv, vielfach und täglich: *Daumen hoch, von oben nach unten.* Dass „iPad" und „iPhone" sie stets mit der Welt verbinden, dass, wo immer sie steht oder geht, deren „Vöglein" ihr fröhlich pfeifend das Mitten-im Leben-Sein signalisiert, erfüllt sie mit Wärme, innerlich tief. Auch darauf würde sie niemals verzichten.

Geh hinaus, Franziska

Die Leserin und der Leser könnten nun meinen, Franziska Schön scheue es, ihr Domizil überhaupt zu verlassen, weil sie dies nicht für nötig erachte und weil sie mit den von ihr gewählten kommunikativen Dingen zufrieden sei, dort drinnen.

Nein, ganz im Gegenteil, längst geht sie auch weit darüber hinaus. Natürlich sucht sie ihre Erlebnisse auch draußen und außerhalb ihrer bequemen Wände, sie weitet sie aus, sie will doch nicht nur die stummen Texte, nein, keinesfalls nur diese. Miteinander *wirklich* in Verbindung zu treten, ohne Wenn und Aber, auch *das* ist schön, sich zu verständigen ist ein lebendiger Prozess und dieser lernt sich doch eher leicht. Gemeinsamkeit kann eine Beziehung eröffnen, sagt sich Franziska.

Das ist ihr gedachter Wunsch und, während sie ihr Haus munter durchschreitet, hin und her, auf und ab, bittet sie sich selbst darum. Sie geht zum Fenster und dann schaut sie hinaus. Sie atmet tief, *ein und aus, ein und aus, tief und durch*, und sie sieht die Menschen dort unten, sie sieht, wie sie stehen und gehen, manche sind einander zugewandt.

Ja, sie geht heiter hinaus. Sie nutzt ihre Chance. Sie nimmt sie auf, die Kontakte mit anderen, die sich so einfach bieten, dort draußen.

*

Das schöne Auto

Manches hat eine prickelnde Anziehungskraft, dort draußen, so das Autofahren. Durchaus wohlgefällig ist ihr das, und sie wählt sich dieses Beweglichsein gerne, weil sie doch selbst chauffiert und da sie ja keinen Beifahrer neben sich erdulden muss. Ihre Autos liebt sie in leuchtenden Farben, orange oder grün, und nutzt das ihre, nicht oft, aber gern, um einen gewünschten Platz kurzstreckig zu erreichen. Der wiederkehrend in ihr präsente Gedanke, ihr Fahrzeug als *„Faradayschen Käfig"* begreifen zu dürfen, weil dieser ja nicht nur umfassenden Schutz vor Gewitter bietet, sondern als „allseitig geschlossene Hülle" eine Abschirmung von Einflüssen, die unerwünscht sein könnten, auch das macht sie zufrieden.

Im Übrigen genießt sie es, sich Luxusklasse zu wählen, schöne Modelle, die viel elegantes Design und komfortable Bequemlichkeit bieten und deren Pferdestärken die Kraft von Schnelligkeit garantieren.

Fest umfasst hält Franziska das Steuer im Fahren, es gibt ihr einen so guten Halt, und während sie ihr Auto lenkt, knüpfen sie sich doch schon, die kleinen netten Kontakte. Sie beobachtet ein jedes Fahrzeug, das ihr entgegenkommt, keines lässt sie aus den Augen, und immer dann, wenn sie das Kennzeichen eines Autos flüchtig erkennt, zugehörig zur Fahrerin oder zum Fahrer, deren winzige Bekanntschaft gemacht zu haben sie glaubt, irgendwann und irgendwo, dann hebt sie die rechte Hand zum Gruß. Sie hebt sie, leicht und knapp, und sie neigt ihren Kopf, deutet eine Bewegung an, leicht und knapp. Signalisieren die andere Fahrerin oder der andere Fahrer Erkennen, zeigen gar ein freundliches Winken, erfüllt es sie mit Vergnügen, fröhlich wartet sie darauf und wiederholt ihr Spiel, weil sie ja den „Kick" von Wiederholbarem sucht und Empfindungen erwartet, die sich dann und wohlig fühlend und am besten einstellen dürfen.

Franziska wechselt die Autos genauso gern wie ihre Häuser und ist niemals auf eine Marke festgelegt, die sie favorisieren könnte. Nein, *öfters mal was Neues*, dieser Spaß bringende Slogan passt auch hier zu ihr. Zügig ein anderes Fahrzeug überholen und sich auf die Leistung des eigenen fahrbaren Untersatzes verlassen zu können, das macht Freude und hat sie, Franziska Schön, schon lange mit Stolz erfüllt.

Mehr noch genießt sie es gern, ihr schnelles Auto bedächtig, ja, sehr sehr langsam zu fahren, es überall da, wo eine Straße das zulässt, genüsslich und schleichend in nahezu traumwandlerischem Tempo zu steuern. Das Lenkrad fast spielerisch zu umfassen, dem geräuscharmen Gleiten der Räder zu lauschen, führt keinesfalls selten dazu, in ihr eine fast sinnliche Leidenschaft zu erwecken, erotisches Fühlen in ihr zu entfachen. Sie gibt diesem Drang nach, wann immer er sich in ihr zu entwickeln beginnt, und seine Erfüllung tut ihr gut.

„Es gibt eine Menge Menschen,
aber noch mehr Gesichter, denn jeder hat mehrere."

Fuß-Spuren

Wenn sie ein bisschen Zeit übrig hat, lässt sie ihr Auto gerne stehen und auch das tut sie ganz bewusst.

Dort draußen, und dort am besten auch ohne vier Räder, das weiß sie, lassen sich *echte* Begegnungen schaffen. Und sie schafft sich Begegnungen. Franziska macht sich einfach auf den Weg, um Beziehungen zu knüpfen. Dafür stattet sie sich aus, und dies im wahrsten Sinne des Wortes: sie schlüpft in ihre Walking-Schuhe und in ihr schneidig-sportliches Outdoor-dress und geht zu Fuß. Sie setzt die Füße voreinander, voller Aktivität und Schritt für Schritt. So entstehen deutlich sichtbare Spuren, *Fuß-Spuren* hat Franziska sie für sich genannt in ihrem Denken, Fuß-Spuren eben, und allerdings und glücklicherweise sind das nicht nur ihre eigenen, sondern die der anderen kommen hinzu.

Menschen, die ihr entgegenkommen, deren Fuß-Spuren also die andere Richtung eingeschlagen haben, sieht sie mit Freude an, sie grüßt sie alle. *Guten Tag* und *Hallo* sind ihre ersten Worte, meist bleibt es dabei. Aber immer sieht sie in die Gesichter hinein, mitten hinein. Sie überlegt schon von weitem: *wird er oder wird sie grüßen, und wie?* Einige Leute grüßen nicht zurück, oder nur unwirsch. Aber auch das ist Kommunikation, sagt sich Franziska tröstlich. Andere aber grüßen von sich aus und es entsteht eine Gegenseitigkeit, danach ist sie doch auf der Suche. Das sind doch dann schon Gemeinsamkeiten.

Dann gehen sie vielleicht sogar aufeinander zu und es entsteht ein Gespräch. *Ist es nicht ein herrlicher Tag?*, und

Bei jedem Wetter kann man doch hinausgehen oder sogar *Wohnen Sie schon lange hier in der Gegend? – Ich bin eigentlich nur zu Besuch.*

Das sind beglückende Momente.

*

Franziska erinnert unzählige Begebenheiten: ein hoch betagtes Paar, das sich an den Händen hält, ein junger Mann mit dem liebenswerten Gesicht, das nur Menschen mit einer Trisomie geschenkt ist, und das nur *sie* den anderen auf ihre besondere Weise fröhlich zuwenden können, ein blond gelocktes Mädchen, das so wartend um sich schaut, eine

Wandergruppe, so voller Elan, als wolle sie zeigen, „wir sind mitten im Leben", … ja, das sind sie, die gegenseitigen Zuwendungen durch nette Worte, das sich anbahnende Gespräch. Sie kann sich zufrieden fühlen. Die Menschen gehen weiter, Fuß-Spuren hatten sich gebahnt und sie verlaufen sich, und sie, Franziska, hatte so doch Begegnungen gefunden.

Auch sie geht einfach weiter, ihre Wege entlang, es sind sandige Wege, gepflasterte, holprige, kiesige, am liebsten geht die unebenen, die fast Feldwege sind, die mit den kleinen oder größeren im Sonnenlicht so schön heiter glänzenden und ganz unterschiedlich gestalteten Steinen.

Einen Plan hat sie nicht. Der Weg ist das Ziel. Sie geht flotten Schrittes, ohne anzuhalten, lange gute Strecken, die sie „ihre Spazierwege" nennt. Ihr Interesse gilt nun ihr selbst, sie denkt ihre Gedanken und ist nur bei sich, dort draußen in dieser Natur, die ein Mensch sehen und atmen kann, in diesem Beweis einer Schöpfung, die wir elementare Kraft nennen können oder Gotteskraft oder auch nur rätselhaftes Staunen.

Aber inmitten dieser Stille des Alleinseins mit sich wartet sie dann doch auf ein wohlbekanntes Zeichen, das sie gut kennt und das zu ihr kommt. Mit Genugtuung erfüllt es sie, wenn ihr „iPhone" über das „Vöglein", der Leserin und dem Leser schon bekannt, eine Nachricht signalisiert:

Franziska, du hast das heutige Soll erfüllt, oder noch besser: *du hast dein tägliches Schritt-Ziel erreicht. Großartig. Das ist eine sportliche Leistung. Sei stolz darauf.*

*

Fuß-Spuren zu suchen und sie sich zu sichern ist also niemals nutzlos, aber auch die kleinen Nachrichten, die sich so dreist dazwischenschieben, gehören dazu und haben eine kleine Bedeutung. Sie sind eine Ansprache von außen nach innen, dadurch machen sie sich menschlich, denn sie unterbrechen die Stille, und das Alleinsein entgeht der Einsamkeit. Darauf hat sie doch auch gewartet.

Nun wartet sie still auf das warme Gefühl, das sich gleich einstellen wird in ihr. Franziska horcht in sich hinein, ja, so ist es nun gut. Erst dann geht sie ganz langsam voran und geradeaus und zurück. Lächelnd tritt sie den Heimweg an.

„Das halte ich für das beste Gefühl:
Einsam und doch in einer großen Gemeinsamkeit"

Mitten in der Natur

Sich in einem komfortablen Hotel aufzuhalten, kann sehr reizvoll sein, mit dem Check-in beginnt für Franziska etwas, das ein bisschen besonders ist, es ereignet sich sozusagen „außer der Reihe". Liebend gerne lässt sie sich darauf ein, und schon die Vorbereitungen dafür plant sie mit Lust.

Dieses Besondere kann sich für sie aus vielfältigen Anlässen ergeben, etwa, wenn es etwas in einer Stadt zu erledigen gibt, also aus Business-Gründen, oder vielleicht auch, weil es eine prickelnde Freude, gar ein Abenteuer sein kann, eine Stadt kennen zu lernen, sie sich auszusuchen, ganz bewusst, um sie zu entdecken. Und natürlich, an einem ausgewählten Ort lassen sich Kontakte knüpfen, die, wie die Leserin und der Leser wissen, Franziska sich ja wünscht, und die Wünsche lassen sich kanalisieren, ganz nach Gefühl und ganz nach Bedarf. So bietet sich Neues an, Ereignisse sind doch spannend, und Unbekanntes wird vertraut.

Daraus entstehen auch gerne schöne Gewohnheiten, und Franziska schätzt einen Ort, wenn er für sie sehr besonders ist, weil sie ihn sich vertraut gemacht hat, die Leserin und der Leser haben schon von der Bedeutung von Wiederholungen erfahren, - jedenfalls für Franziska. Jetzt ist hier nun über einen ausgewählten Platz zu berichten, diesen ihr so vertrauten Aufenthaltsort zu besuchen ist längst eine liebgewonnene Gepflogenheit für sie, oder doch eigentlich viel mehr.

*

Hoch oben auf dem Berg ist es gelegen, ihr Hotel, mitten in der Natur, in einer Natur, die jeden Gast die beglückende Ruhe in vollen Zügen atmen lässt. Es ist ein elegantes Hotel, seine großzügigen Räumlichkeiten schmeicheln den Sinnen, angenehmer Luxus ist für Franziska, dies ist bekannt, gänzlich unabdingbar. Sie liebt diesen, und sie liebt feine Behaglichkeit, und, auch das ist schon erwähnt, sie liebt die Natur. Hier, hoch oben auf dem Berg, lässt sich doch beides finden.

Ein individuelles Hotel ist es, mit einer ganzen Reihe der Sonne zugeneigter Häuser bietet es sich freundlichst an. Die sternförmige Anordnung seiner Appartements, alle sind sie ausgehend von einem gemeinschaftlichen Punkt, ermöglicht erholsame Isolation, wenn gewünscht, genauso auch quirlige Begegnung, wenn gewünscht.

Die alles verbindende Mitte mit kuscheligen oder pompös-bequemen Hallen zum Verweilen oder Tanzen oder Singen oder Schauen und Lauschen, die riesige Bar mit ihren unendlichen Flaschen vom Feinsten und mit Gläsern, deren Inhalte betörend schimmern, die vornehmen Restaurants aller Gaumenfreuden, das alles ermöglicht Genuss. Es ruft nach Zusammensein und Geselligkeit, aber, für Franziska bedeutsam, auch dieses nur wenn gewünscht. Die Wellness-Oase bietet sich an zum Relaxen und auch zum Streicheln für Körper und Seele. Sein „Super-Kuschelpaket" für die Gäste nennt das Hotel seine guttuenden Angebote und belebenden Events, Franziska nennt sie ihren Luxus, mitten in der Natur. Das so Gute verteidigt sie und hält es fest, mit dem Empfinden, es sei nur für sie selbst gemacht. Ja, so kommt all dieses ihren Ansprüchen mehr als entgegen.

Am frühen Abend eines jeden (Ferien)-Tages erwarten die verschiedenen Feinschmecker-Menüs ihre Gäste und auch Franziska genießt und fühlt sich kulinarisch auf das Beste umsorgt. Für alle ihre Aufenthalte hier hat sie sich diesen runden Tisch gewählt, hoch oben auf der Galerie steht er, nur für sie selbst üppig gedeckt, er gewährt ihr einen weit schweifenden Blick über die anderen Gäste. Ja, jedes Detail ist in der Tat edel und tadellos, ein kulinarisches Highlight, an jedem Abend, und ja, so sagt es sich Franziska immer wieder, mitten in einer luxuriösen Natur. An kleinen Tischen sitzen sie, die vielen anderen, meist in Gruppen und in ihr Plaudern vertieft, niemand sitzt für sich allein. Dieser Vorzug ist ihr alleiniges Privileg.

An jedem Abend führt sie sich selbst zu ihrem Platz, zur Dinnerzeit und auf die Minute pünktlich, sie eilt in den schönen Raum und dann schreitet sie zu ihrem runden Tisch. Von hier aus kann sie alle und sie kann alles überblicken, hoch oben von der Galerie, aufrecht sitzt sie an ihrem Platz, sie schaut herab und hinab, wie von einem Thron. Die mit dem gerade zu reichenden Gang der Speisenfolge korrespondierenden Gläser sind aufgereiht und im ersten Glas schimmert schon der Wein wie im verführerischen Licht an einem strahlenden Sommertag.

Und Franziska erhebt ihr Glas, sie dreht sich ein wenig nach links und sie dreht sich ein wenig nach rechts. Dann trinkt sie sich zu, sich selbst, - und ein bisschen auch den anderen.

Turnaround

Ein jeder Vormittag ist zum pfleglichen Wandern da. Es sind kleine Ausflüge, die sie macht, und sie nimmt stets den gleichen Weg, der sich tagtäglich wiederholt. Eine Rundtour ist es, Franziska nennt sie ihren Turnaround: heute den Berg weit hinab und zu dem einen kleinen Dorf, rundherum, und den Berg weit hinauf zu dem anderen kleinen Dorf, dorthin, wo die stattliche Kirche steht, die Kirche mit ihrem schlanken Turm, der hoch aufragt und dessen Glocke zum Mittag läutet, glockenhell. Hier bleibt Franziska stehen und hält inne, es ist immer die gleiche Zeit, jeden Tag. Dann geht sie weiter rundherum, hinauf und zurück zum Hotel.

Die Hotel-Häuser-Kette hat sie niemals aus dem Blick verloren bei ihrem Wandern, denn ihr Turnaround führt sie ja rundherum, zuerst hinab und dann wieder hinauf. Aber es gibt doch einen Unterschied in ihrem Wandern und auch dieser „kleine Unterschied" in ihrem festgelegten Weg wechselt tatsächlich tagtäglich: am nächsten Tag geht sie nämlich andersherum, morgen geht sie den Berg weit hinab und zu dem anderen kleinen Dorf, dorthin, wo die stattliche Kirche steht mit dem hoch aufragenden Turm, dessen Glocke zum Mittag läutet, glockenhell, die genau gleiche Zeit ist es ja wieder. Franziska bleibt stehen. Und dann geht sie den Berg weit hinauf zu dem einen kleinen Dorf und weiter hinauf bis zu ihrem Hotel.

Hier endet ihr tägliches Wandern, aber es endet stets mit einem „Stop". Da ist es, vor ihr, dieses große Kreuz aus hellem Stein, ganz nah am Eingang zum Hotel steht es, riesig festgefügt und wie ein Mahnmal mutet es an, dieses Kreuz aus feinem Granit, mitten in der Natur. Eine Bank daneben lädt ein zum Verweilen. Aber Franziska setzt sich nicht, stets steht sie in Ruhe vor dem Kreuz, sie bewegt sich nicht. Und sie liest diese Inschrift, die ihr stolz entgegenleuchtet, jedes Wort liest sie, buchstabengenau, obwohl oder gerade weil sie die

Sätze längst auswendig weiß in ihrem Kopf. Langsam liest sie sich die besonderen Worte vor, sie liest sie sich vor, tagtäglich, und immer direkt nach ihrem Wandern:

Willst du folgen Gottes Spur, geh hinaus in die Natur.
Willst du Gottes Allmacht sehen, bleib vor diesem Steine stehen.

Sie steht vor dem Kreuz, ganz still. Mehrere Male liest sie den Text, mehrere Male, gleich nacheinander. Franziska ist kein gläubiger Mensch im dafür vorgegebenen Sinne, sie kann sehr kritisch sein, spontane Hinwendungen prüft sie genau, strikte neigt sie zu Ablehnungen, die sie begründet kann. Seichte Beteuerungen der Verfügbarkeit einer Allmacht, die sich allmächtige Güte nennt, jedoch aber Härte und Grausamkeit sendet, lehnt sie ab.

Und dennoch, dieser Text hier oben auf dem Berg, so wie er in den feinen Granit hineingeschrieben ist, verströmt seine eigene Kraft. Er wärmt ihr Herz und tief innen macht er frei. Sie liest ihn bedächtig und dann geht sie langsam hinein, in ihr Hotel. Es liegt mitten in der Natur.

Franziska Schön ist mit sich zufrieden. Mit sich und mit ihrer Natur und mit ihrer Welt.

Songs und ein Posaunenchor

Manchmal begegnen uns Landschaften und Denkmäler, die sich für immer einprägen und die sich nicht vergessen lassen, weil sie zusammen mit ihren Ereignissen einmalig geworden sind.

Franziska Schön meint, just in diesem Moment auf dem freundlichen Domplatz zu stehen. Heute und soeben ist sie angekommen, hier in der kleinen Barockstadt, deren Namen sie zwar eben nicht mehr erinnert, dessen Dom aber vor ihren Augen steht, markant und doch liebevoll zierlich mit seinen beiden Türmen und der großen Kuppel, ganz deutlich sieht sie ihn vor sich, wie ein gut erhaltenes farbenfrohes Bild. Von diesem Platz aus lässt sich gar vieles beobachten, und so, wie sie, Franziska, es in diesem Moment empfindet, beinahe die ganze Welt.

Der Domplatz ist überflutet von Pilgergruppen, aus der ganzen ländlichen Region und aus den vielen kleinen und größeren Dörfern rundum sind sie gekommen, sie alle, an diesem geweihten Tag, und alle, um ein Zeichen zu setzen, ein Signal zu geben, denen, die vom Rand aus verstohlen oder auch verwundert schauen, ein Signal, das leuchtet, und das „kirchliche Verbundenheit" heißen könnte. Vor allem aber sind sie gekommen um zu singen.

Es sind Lieder zu Ehren der heiligen Maria, sagen die geweihten Väter, wenn ein Tourist sie danach fragt. Aber, die Texte betrachtend, sind es doch nicht Lieder der Verehrung, es sind um Hilfe rufende Songs, und inbrünstig wie die Texte sind auch die Melodien, nicht nur gesungen, sondern von Posaunen begleitet. *Maria, wir rufen zu dir.* So lautet der Text und genau so hat er gesungen zu werden. *Du rettender Anker der Hoffnung. Mutter Gottes, wir rufen zu dir. Du Schutzmantel aller Bedrängten. Maria wir rufen zu dir.* Sehr euphorisch klingt das. *Du Urbild der Würde des Menschen. Du unsere Hoffnung auf Frieden.* Zeitnah und mit Überzeugung ist dieses Text gesungen. *Mutter Gottes, wir rufen zu dir.* Es ist nur ein kleines Lied, aber es hört sich innig an.

Sie bürden der heiligen Maria eine große Verantwortung auf, diese ausdauernden Pilger, denkt sich Franziska. Ist es nicht schon eine Zeitlang her, dieses Singen auf dem Domplatz, dieses Spielen der unüberhörbar klingenden Posaunen, oder erfüllt es sich doch tatsächlich gerade erst heute? Ist es gar eine politische Aktion, eben jetzt?

Es sind viele Pilgergruppen, sie vermengen sich nicht, eine jede von ihnen bleibt für sich, in Reih' und Glied stehen sie, die Pilger, immer zwei nebeneinander und dann die nächsten beiden und hintereinander, bis die lange Reihe ihr Ende findet. Ganz vorne jedoch geht der erste für sich allein, denn er trägt das große Kreuz. Golden schimmert es, und der es trägt, muss seine Arme ganz nach oben strecken, ein bisschen himmelwärts. Manchmal schwankt so ein Kreuz in diesem lang während Procedere, das ja schließlich muskuläre Kraft einfordert. Das alles dauert doch sicherlich Stunden, und immer ist diese Streckung der Arme nach oben gefordert, damit auch jeder, von wo aus er auch schaut, es sehen kann, dieses Kreuz. Von irgendwo her erneuert sich frische Kraft, Franziska glaubt das deutlich zu spüren, vielleicht muss das wohl so sein in solcher Bedeutsamkeit, bei diesem Ergriffensein der Seele, das eindeutig auch die Arme belebt. Vielleicht ist das so, wie bei einem Gelöbnis.

Der Posaunen-Chor ist stark, sein Schall überfliegt den anheimelnden Domplatz, die Menschen scheinen von ihm ermuntert zu sein, schmetternd zu singen. Wie Perlen fügen sich die anderen Lieder an. *Maria, breit den Mantel aus, mach Schirm und Schild für uns daraus, lass uns darunter sicher steh'n, bis alle Stürm' vorübergeh'n*. Große Worte sind das, und inbrünstig klingen auch die Töne. Dann intoniert der Posaunenchor auch noch dieses andere Lied, das am meisten ergreift: *Meerstern, ich dich grüße, o Maria hilf... hilf uns allen aus unserer tiefen Not*.

Franziska fühlt sich tiefbewegt. Ja, Not und Hilfe, die fehlt, sind die wirklichen Themen unserer Welt. Allen Leuten ist das bekannt. Nur: warum singen wir das dann nicht jeden Tag? Warum sind die Texte nicht in den *Heute*-Nachrichten, die es ja mehrfach gibt, Tag für Tag? Auch die *ARD* hat sie niemals aufgenommen und noch nicht einmal *CNN*, der Sender, auf den man sich nachrichtentechnisch und mit seiner aktuellen Berichterstattung eigentlich stets verlassen kann.

Warum nicht, und warum nicht in diesen Zeiten und auch nicht am heutigen Tag? Was hinter dem Nachdenken bleibt, das sind Fragen über Fragen. Von passenden Antworten darauf hat Franziska auch hier und dort nichts bemerkt.

Die alte Holzbank

Sie geht nun besser weiter und lässt den Domplatz hinter sich. Franziska geht den Berg hinauf, steil aufwärts und entlang des Kreuzweges mit den 12 Stationen. Oder sind es 14?

Ganz oben steht sie, die stolze Klosterkirche, die sie so gut kennt, aber auch deren Namen hat sie vergessen, gerade eben. Während sie nun beschwingt aufwärts wandert, zwingt es sie zu denken, und sie muss nachdenklich denken. Oben angelangt öffnet sie mit forschem Griff das schwere Portal und geht in die Kirche hinein. Es ist eine angenehme Dunkelheit, die sie im Inneren umfängt. Die drinnen neben dem Eingang ausgelegten Schriften erscheinen ihr als überflüssig, Franziska hält sie für unsinnig. Eine solche Werbung verbietet sich doch in unseren Zeiten, wenn Menschen nach einem *wirklichen* Weg suchen, der nicht nur gangbar ist, sondern auch angstfreie Ruhe spenden kann und nicht nur verspricht. Es gibt ja die Rede vom „sicheren Ort", der am besten anzusteuern sei. Menschen dürfen einen solchen Ort doch erwarten, so wie gerade eben Franziska ihn für sich denkt, von einem kühlen und stimmigen Platz aus, der sich in einer der Holzbänke freundlichst anbietet und den sie für sich gefunden hat. Banale Schriften, wie sie vorne ausgebreitet sind, stören ein Denken doch nur.

Franziska hat sich eine alte Holzbank gewählt, alt, und so schön und frisch lackiert, sie nimmt den Platz genau in der Mitte. Dort setzt sie sich nieder und wartet, dass er sie umschließen möge, dieser Platz in der alten Holzbank, schön und frisch lackiert, dass er sie umarmen möge, spürbar eben jetzt und schützend auch für draußen. Sie lauscht und wartet.

Aber die Holzbank behütet sie nicht und so tritt sie wieder hinaus, ganz in die freie Helligkeit. Die steinerne Einfriedung umschließt ihren Klosterplatz wie eine Festung. Da steht nun Franziska, angelehnt an die behäbige Brüstung. Sie genießt den Blick von der Höhe, er reicht weit. Dieser Blick, tief hinab bis in das Tal hinunter eröffnet alles, er reicht bis hin zum Domplatz und weiter, beinahe bis in die ganze Welt, und sie glaubt, das Singen der Pilger von dort unten zu hören.

Der Chor der Posaunen ist stark.

Ihr Herz atmet sich frei, von hier oben bis nach dort unten. „Sorglos-Sein" nennt Franziska dieses schnelle Gefühl einfach und seine Leichtigkeit belebt sie. Hört man sie nicht ganz oft, diese trostreiche Empfehlung einer Sorglosigkeit, bei vielen Gelegenheiten von vielen an viele und immer wieder gegeben?

Machen Sie sich doch bitte keine Sorgen darüber, das wird schon… Du musst dich ganz bestimmt nicht darum sorgen…

Vielleicht sind es ja diese schlichten Worte, die tatsächlich einen Trost spenden gegen die Not unserer Zeit, und vielleicht hat, wer dieses verspricht, einfach recht. Vielleicht ist es das, was der „Glaube", dem die Menschen vertrauen, sagen möchte. Ja, ein Vertrauen, sich doch am besten nicht zu sorgen, klingt angenehm. Macht es nicht Leben erst möglich? Das hört sich doch gut an - und ist es nicht *mehr* als das schön lackierte Holz einer Kirchenbank?

In ihr hätte sie aber dennoch schon sitzen bleiben sollen, ein
wenig länger eben, in der alten Holzbank, auf ihrem
ausgewählten Platz ganz in der Mitte. Ja, sie, Franziska, hätte
den Trost geduldiger abwarten sollen. Hier draußen nun ist
sie davon fest überzeugt.

Und doch, das weiß sie ganz plötzlich, gibt es etwas im
Menschsein, das untröstlich bleiben wird im Leben und für
alle Zeiten. Auch das überlegt sie sich eben und sie begreift es
spontan oder auch nicht, in diesem Blick von der Höhe, bis
hin zum Tal und tief hinab zu den Pilgern dort unten.

Der Chor der Posaunen ist stark.

Von der Chance, sich zu entdecken

Wer eine Kirche liebgewonnen hat, wird immer wieder auf
Entdeckungsreise gehen, Schönheiten und Wunder erleben,
die beeindrucken. Franziska weiß um die Wirkungen dieser
ganz eigenen Kraft, die von ihrem Innenraum ausströmt,
wenn man ihn denn mutig betritt. Kirchenräume haben einen
Auftrag, nämlich den, Anstöße zu geben, *sich selbst zu entdecken*.
Im Betrachten einer Kirche von innen und manchmal genügt
es sogar schon, sie nur von außen anzusehen, lässt sich ein
Selbstwertgefühl stärken. Wer sich beherzt beeinflussen lässt,
findet sich sogar mitunter selbst. Darüber kann nun hier
berichtet werden, denn sie, Franziska, hat es ja erfahren.

Eine Kirche lässt sich mit geringem Aufwand intensiv
erkunden, wenn man in kleinen und größer werdenden
heiteren Schritten auf sie zugeht, so wie eben Franziska, sie
lässt sich nicht nur ein einziges Mal finden und Franziska
weiß doch schließlich um die Bedeutung von Wiederholungen

mit ihren Stärken für das eigene Selbstvertrauen, und so
besucht sie Kirchen, die sich ihr eingeprägt haben immer
wieder und zum vielfach wiederholten Male.

*

Heute geht sie *zu der anderen* Klosterkirche, die sie einst für
sich entdeckt, ja, für sich erobert hat, und deren Namen sie
im Leben nicht vergessen könnte. Im sicheren Wissen um
das, was sie gleich dort erwarten darf, geht sie zügig und
munter hinein. Das Innere dieser anderen Klosterkirche kennt
sie gut. Im Laufe der Zeit ist es ihr sehr vertraut geworden.

Vertrautheit aber kommt ja nicht von selbst, für Franziska ist
es diese große *Künstlerin*, die jenes Gefühl zu ihr hingebracht
hat. Sie ist eine Klosterfrau, und gleichzeitig ist sie eine ganz
hochmoderne Frau. Ihre Werke beleben die Kirche in
atemberaubender Fülle, und weit darüber hinaus in das Land
hinein. Franziska kennt sie so gut, diese außergewöhnlich
emanzipierte und schöne Frau, zu ihr hat sie eine Beziehung
aufgebaut. Eine Freundin ist sie ihr geworden. Kunstwerke
hat sie geschaffen, diese Frau, im Malen, Zeichnen, Gestalten,
in Graphiken oder im Umgang mit Metallen haben ihre
Hände Überwältigendes geformt, – gegen die Trostlosigkeit
der Welt.

Und so ist ihr Werk beschrieben: „Da stehen Staffeleien mit
Blättern, die in Arbeit sind, da klingt Musik. Noten stehen auf
einem Ständer und ein Streichinstrument darf offensichtlich
oft erklingen. Musik ist Mittel, Empfindungen zu
artikulieren..."

„Zeitlosigkeit ist zu erahnen... Es gibt kein von gestern
getrenntes Heute. Das Ja zur Gegenwart versteht sich aus
einer Bindung an die Vergangenheit...", „Dieses Sich-
ergreifen-lassen von einem gegenwärtigen und doch nicht

fassbaren Geheimnis durchdringt das ganz künstlerische Werk und mehr noch.... Eindrücke, Erlebnisse, die lange zurückliegen, brechen in ihre Arbeiten ein ..."

Das liest sich doch so, wie sonst nur kostbare Perlen schimmern. Die emanzipierte Frau, diese Künstlerin, sinniert Franziska, ist ein Teil dieser anderen Klosterkirche geworden. Untrennbar von ihr lebt sie darin und macht sie lebendig. Ihre individuellen Arbeiten sind ganz intim, stets mit Texten versehen, die zeigen, dass auch sie, die schöne Frau, Trost sucht im Leben und dass sie farbige Zeichen setzt gegen die Trostlosigkeit der Welt. Sie schreibt Zeilen und Sätze und Wörter auf, mit schwingender Tinte und keinesfalls schnörkellos schreibt sie alles, vieles hat sie den großen Schriften der Kunst entliehen.

Franziska horcht auf. Diese Texte aus der Feder der Klosterfrau stemmen sich doch gegen den Chor der Posaunen dort unten auf dem Domplatz, den sie gerade vorhin besucht hat, und gegen die allzu inbrünstigen Singer. Diese Buchstaben muss man still betrachten, sie können ordnend verändern. Sie schreiben sich in die Kunstwerke hinein und in jedes Herz, heute auch in das von Franziska:

Der Engel seines Angesichtes erlöste sie in Liebe. Er nahm sie auf und trug sie alle Tage.
Von allen Seiten umgibst Du mich und hältst deine Hand über mir...Der Engel seines Angesichtes erlöste sie in Seiner Liebe. Er nahm sie auf und trug sie alle Tage.

... und aus seinen Finsternissen tritt der Herr, so weit er kann, und die Fäden, die zerrissen, knüpft er immer wieder an...

Sogar von Schuberts Winterreise lässt sie sich führen. Sie zögert nicht, auch diese sanften Worte den betörenden Tönen zuzuordnen. Alles klingt bei ihr an und nichts ist versäumt ...
Und immer hört ich's rauschen: du fändest Ruhe dort ....

*

Wieder einmal denkt Franziska nach. Jedes Mal und sobald sie diese andere Kirche betreten hat, denkt sie sich ihre Gedanken. Dass eine emanzipierte schöne Frau etwas greifen kann, das eigentlich fast nicht erreichbar ist, denkt sie, und das aber doch, wenn es dann eingefangen ist, „glückliches Leben" bedeutet. Möglicherweise ist damit ein Vertrauen in sich selbst gemeint und gleichzeitig in die Welt. Ja, das ist es wohl, dieses geheimnisvolle „Wunder" reicht jene Frau hier weiter, auch an Franziska. Die Strahlkraft eines solchen und doppelten Vertrauens kann *alles* verändern. Solche Strahlen lassen sich spüren und leuchten tatsächlich gegen die Trostlosigkeit der Welt. Dabei ist es keinesfalls nötig, ein Wort wie „Vertrauen" analysieren zu wollen, das wird überflüssig und spielt keine Rolle mehr, wenn man sich auf eine Entdeckungsreise einlässt, hier, hier in der lieb gewonnenen Kirche.

Nein, nur dieses Anschauen soll es sein, das Sehen der Bilder und der Figuren, die ihren stummen Ausdruck haben. Das sind doch großartige Sätze, diese Buchstaben aus den unvergesslichen Heften und Büchern, die wohl nur eines weitergeben möchten, einen Lebensweg zu finden, sich selbst zu entdecken und sich wertzuschätzen.

Ja, hier ist sie, die Chance, sich selbst zu vertrauen, gegen die Trostlosigkeit der Welt, sagt sich Franziska.

Und passen diese Gedanken, die sich gerade in ihr denken, nicht auch gut zu ihrem eigenen Lieblingssong? Dem Musical Elisabeth hat sie ihn entliehen:

Ich möchte vertraut sein, herabsehen auf diese Welt. Ich (…) suche Geborgenheit. Doch verlang nicht mein Leben, (…), denn ich gehör' nur mir.

Und Franziska entdeckt sich selbst.

Ein Stein am Wegesrand

Das Wetter ist schön, schnell macht sie noch einen großen Sprung. Ganz plötzlich fällt ihr doch *Sankt Markus* ein, jene wiederum ganz andere Kirche, auch sie zählt sich zu der Gattung dieser heiligen Gebäude, die sich Klosterkirchen nennen dürfen. Spontan beschließt sie, einen Blick auf sie zu werfen, wieder einmal, sie tut es von *ganz unten* nach *ganz oben*. Wieder einmal steht sie auf dem weiten Wiesen-Platz, der immer grünt, sie steht ganz unten im Tal und von dort aus schaut sie nach ganz oben.

Franziska bleibt stehen. Die Wiese ist eben und weich und so groß wie ein riesiger grüner Teppich, der für sie ausgebreitet ist, die Weichheit lässt sich gut spüren, sie liebt es, das Gras zu durchlaufen und zu durchrunden, wieder einmal, sie tut das so forsch sie es nur kann. Ihren Kopf braucht sie ja nur ein klein wenig zu heben, von jedem Fleck aus nimmt sie dann Sankt Markus in ihren Blick, die großen Kuppeln sind unverwechselbar, nicht zu übersehen, und dies von allen Seiten her schauend. Gewaltig und stolz und auch ein wenig protzig überragen sie ein ganzes Tal, es sind ja mehrere Kuppeln, dick und kugelrund.

Sankt Markus ist ein Ausflugsziel in seiner schönen Landschaft, diese Kirche ist ein Wahrzeichen. Wohlbekannt ist sie, ein Denkmal, viel zitiert und werbefreundlich reich bebildert, beliebt ist sie bei allen denen, die sie je besuchen.

Vom Wiesen-Teppich aus gibt es nun diesen Weg nach oben. Freundlich schlängelt er sich in die Natur hinein, jeden der vielen Wanderer oder derjenigen Fußgänger, die sich gerne so nennen, führt er näher auf die Berge zu und immer ein wenig näher auch an den Himmel heran.

Es gäbe also auch für sie diesen einen Weg nach oben, aber sie nimmt ihn nicht, sie hat sich längst schon gegen ihn entschieden. Zwar führt er dahin, wo *auch sie* dem Himmel näher sein kann, aber er macht auch Halt am Portal dieser üppigen Kirche, das ist sein eigentlicher Auftrag, und Sankt Markus, die Klosterkirche, lädt natürlich zur Einkehr ein.

„Bitte treten Sie ein", und *„bitte verhalten Sie sich so angemessen, wie es sich in einem Gotteshaus geziemt"*, ist zu lesen,

und jeder, der das das tut, was schließlich erwartet wird, gelangt hinein, direkt unten die großen Kuppeln.

Auch Franziska hat sich einst führen lassen, und das viel umfassende Innere in all seiner Pracht hat auch sie aufnehmen wollen. Aber sie hat nicht zugestimmt, sie hat sich diese Behäbigkeit dort drinnen nicht überstülpen lassen. Sie hat viel lieber wieder den Weg nach außen genommen, aus dem so gewaltigen Inneren hinaus, in die Feingliedrigkeit der Natur hinein und in ihre Helligkeit.

Nein, dort drinnen ist sie nicht zu finden, die Geborgenheit, auch nicht das, was sich „gewünschte Ehrfurcht" nennen könnte. Die Kirche bemüht sich umsonst, dies zu vermitteln. Das ist sehr schade, aber es gelingt nun einmal nicht. *Von außen* jedoch muss man diese Kirche einfach lieben, und Franziska tut das ja, - am meisten und am besten von ganz weit unten. Von dort besehen sind sie so schön, diese Kuppeln, vom Teppich-Rasen aus betrachtet nach oben hin.

Ja, das ist er, der gewaltige Blick, der sich ehrfürchtig nennen könnte, hier öffnet er sich ihr in Fülle. Sie muss den Kopf nur ein klein wenig heben und die Augen nach aufwärts richten.

Ganz weit unten nun findet sich noch ein besonderes Highlight, auch um es zu genießen hat sie sich oft auf den Weg gemacht, hin zu dieser Wiese ganz unten. Da steht er, *dieser Stein am Wegesrand*, und seine Inschrift ist eingemeißelt für alle Zeiten jeden Lebens. Genau hier bleibt sie stehen und gerade und spontan auch wegen des steinernen Highlights ist sie so gern gekommen, auch heute wieder. Wie oft hat sie schon diese Schrift gelesen und noch viel öfters hat sie sie auch rezitiert, für sich allein in der Nacht und für andere, die es ihr wert sind, gerne auch am Tag:

Denke an den Wert des Augenblicks. Aus ihm wächst die Unendlichkeit.

Dieser Stein am Wegesrand, neben der großen Wiese, die wie ein weicher Teppich zu fühlen ist, dieser Stein allein macht das Geheimnis der Anziehungskraft von Sankt Markus aus. Da ist es doch nicht mehr nötig, den Weg, der nach oben führen könnte, zu gehen, es ist nicht nötig, das Portal dort oben zu öffnen und seine Füße in das Innere zu setzen, entscheidet sich Franziska.

Das, was Stankt Markus, die Kirche mit ihren großen Kuppeln dort oben sagen will, ist doch viel mehr, - und am besten spürt es sich von ganz dort unten.

Kapellen, Burgen und bunte Gärten

In diesem Augenblick fallen ihr auch die anderen Kathedralen ein, die da überall auf der Welt in den Himmel ragen, auch ohne eine Klosterkirche zu sein. Fast alle kennt sie gut. Viele von ihnen nennen sich ein „Münster", und von außen gesehen sind sie stolz. Sie ragen sehr hoch und haben schon dadurch ihre Anziehungskraft, die sie auch nutzen möchten, verständlicherweise.

Aber auch *ihr* Inneres hat keine Wärme, jedenfalls nicht für Franziska, die sie genau betrachtet und getestet hat. Die hohe Dunkelheit dort innen und darinnen zieht sie nicht an, alle lobenden Bedeutungen wägt sie ergebnisträchtig ab: nein, auf Monumente, die schon von innen heraus erdrücken, verzichtet sie doch lieber. Was kann denn so viele Menschen dazu bewegen, eine Düsternis zu besuchen, nur weil sich so etwas ein „Münster" nennen darf?

Wie schön sind da doch die zum Verweilen einladenden lieblichen *Kapellen,* wenn sie auf einer kleinen Anhöhe stehen, in ihrer zarten Anmut, Franziska vergleicht sie gern mit kleinen Berggipfeln, die doch viel liebenswerter sind als manch ein hoher Berg, und sie kennt sie alle. Wie schön sind auch die Burgen und ihre freundlich in die Gegend blickenden Ruinen.

Franziska freut sich über jeden Park und freudig besucht sie schöne Parkanlagen und fühlt sich darin pudelwohl. Der eine Stadtpark und die anderen bunten Gärten mit ihren Blumen, die uns mit ihrem Blühen die Jahreszeit verraten, mit ihren heiteren Gartenlokalen zum Sitzen und Schauen, oder der andere Kurpark – Franziska liebt sie alle, auch die gepflegten Kurorte, die den ruhebedürftigen Körper heilen sollen und die mit ihrer Lebendigkeit und ihrem Flair der Leichtigkeit erquicken. Sie liebt deren Zeichen der Vergangenheit, die mahnen und erinnern möchten. Den heitereren Konzerten

allerorten dort mit den beschaulichen Klängen und ihrem
federleichten Sing-Sang aus der Operette wohnt sie genüsslich
bei und alles ist so erfrischend nett.

... und ein Choral

Ein Park voller Blüten aber ist es, der ganz aus dem Rahmen
fällt. Er hat eigene Aktivitäten und er bietet ein besonderes
Konzert. Franziska versucht, wann immer es ihr einmal
möglich wird, diesem Konzert beizuwohnen, nicht so selten
kommt sie eigens deshalb her, hier in diesen Park. In der Tat,
sie hat schon kilometerweite Strecken auf sich genommen,
nur um am Sonntagvormittag, zur genau bestimmten Uhrzeit,
zwischen Vormittag und Mittag, an Ort und Stelle zu sein.

Wie alle anderen Gäste sitzt sie dann im eleganten Outfit, das
befohlen ist, und mit den glänzend frischpolierten Schuhen,
die hier eine Vorschrift sind, auf einem der einladenden
Stühle. Alle Besucher sitzen im Freien mit einem ernst
gesammelten Blick, dem Blick auf das, was wir betörende
Außenwelt nennen können. Das Konzert-Team, es sind
Männer mit Trompeten und Flöten, es sind schlanke Geiger,
ein kühner Pianist und mehrere Cellisten, ist schon zur Stelle.

Sie nennen diese gut vorbereitete Performance *ihr
Sonntagskonzert*. Doch es ist tatsächlich mehr als das, Franziska
hat es erkannt. Es ist *wirklich* etwas Besonderes.

Nach einem kurzen Aufspiel, einstimmend und melodisch,
stimmt der Konzertmeister den *Choral* an, und er wartet auf
eine Reaktion, auf ein Zeichen von diesen besonderen
Sonntagsgästen, die zuhören und zusehen, auf ein
außergewöhnlich wahrnehmbares Zeichen. Er wartet darauf,

dass sie sie sich alle von ihren Plätzen erheben und still erwartend stehen, alle.

Und sie erheben sich, niemand bleibt sitzen. Sie bewegen sich nicht, aber manch einer faltet seine Hände, Franziska beobachtet es ganz genau, vielleicht zum Gebet oder aus einer Ergriffenheit heraus oder zum Staunen über das Wunder der Natur ringsum, denn dazu rufen sie doch wirklich auf, die kleinen Berge und Wege und Täler und Hügel. Ja, es ist zum Sich-Ergreifen-Lassen und zum Atemlos-Werden und ja, ein langer Weg vorher, bis hierher und bis zu diesem Erleben, lohnt sich doch. Er bereitet ein Ereignis vor, das wiederholt werden muss, immer wieder.

Der Choral erklingt nun, er klingt großartig und lässt erschauern. Seine Melodien können wechseln von einem Sonntag zum anderen, der Inhalt der Texte auch, die Einwirkung aber nicht:

Lobe den Herren, den mächtigen König der Ehren.
Morgenlicht leuchtet,- morning has broken.
Danke für diesen guten Morgen.

Die kilometerlang zurückgelegte Strecke ist keine Last, sie zählt weit mehr, ein bisschen ist sie Unendlichkeit. Und der Choral tut gut. Er hat eine große Kraft. Ihr kann sich niemand entziehen, auch Franziska nicht. Es liegt so etwas wie eine „heilende Hoffnung" in der Luft, sie lässt sich tatsächlich empfinden.

Vielleicht heilt der Choral mit seinen Ein-Wirkungen ja den Körper *und* die Seele.

Weites buntes Land

Der Abend wechselt langsam die Gewänder,
die ihm ein Rand von alten Bäumen hält;
du schaust: und von dir scheiden sich die Länder,
ein himmelfahrendes und eins das fällt.

Und lassen dich, zu keinem ganz gehörend,
nicht ganz so dunkel wie das Haus, das schweigt,
nicht ganz so sicher Ewiges beschwörend
wie das, was Stern wird jede Nacht und steigt.

Rainer Maria Rilke

Mittendrin

Wenn sie auch nur etwas mehr an Freizeit hätte, würde sie auch vieles mehr unternehmen, einfach so, munter, ganz privat und für sich selbst. Einfach so. Das, was wir gern einen Lebensmittelpunkt nennen, lässt ihr allerdings nur einen kleinen Raum für freie Zeiten, die gewünscht sein könnten oder die gar schwungvoll auch zu aktivieren wären.

Nein, die Freiräume sind knapp, und, ja, Kitty möchte ihn nicht missen, diesen Lebensmittelpunkt und ihre fachgekonnte Tätigkeit darin. Er gibt ihr Sicherheit und sagt ihr, dass sie wichtig ist an ihrem Platz und im ganzen Leben, dass sie sich selbst vertrauen kann, sich und ihrem Können.

Der Respekt der anderen ist ihr gewiss. Er fühlt sich doch so gut an und er macht sie nicht nur stolz, sondern bietet ihr auch diesen starken Halt, nur für sie selbst.

Und so ist ihr *ihr* Bürohaus überaus vertraut, fest angebunden und verwurzelt ist sie dort. Es steht mitten in *ihrer* Stadt, die unendlich ist und unverwechselbar. Hoch aufragend in den Himmel zeigt es sich als ein markantes Gebäude, stattlich breit und reichlich stuck-verziert. So riesig in der Mitte des „Broadway", in dieser Straße gelegen, die niemals endet, ist es nicht zu verfehlen, nicht für vorübergehende Besucher und vor allem nicht für alle seine Kunden auf ihrem eiligen Weg dorthin, den sie so ernsthaft wichtig nehmen wie sich selbst, jedes „timing" hat ein jeder, der da kommt, sorgfältig geplant.

Das große Office mit den unendlichen Schreibtischen darin, die, wohlig vollgepackt mit Akten und mit sich verzettelnden Blättern, mit Broschüren und Papieren und mit den elektronischen Gerätschaften wie Phones, Tablets und Computern mehr als chaotisch anmuten, ist Kitty kunterbunt vertraut und an jedem Tag, von früh bis in den Abend hinein, nichts als lebendig. Es lässt sie kaum einmal los und eben nur für diese wenigen Stunden in einer ausgefüllten Woche.

Es ist ein geschäftiges Office, sie laufen hin und her, und manche der eifrigen jungen Frauen, die sich tagaus-tagein auf ihren klappernden High Heels eilig darin tummeln, erinnern ein bisschen an Barbie, an die Puppe aus der längst vergangenen Kinderzeit, und zusammen mit den schwitzenden nicht ganz so jungen Männer in ihren maßgeschneidert scheinenden Anzügen und den meist blütenweiß gestärkten Hemden sind sie alle so „busy", dass sie mit großer Regelmäßigkeit aneinander und gegeneinander geraten, und dies nicht nur versehentlich, sondern viele Male und fast schon bewusst in jeder Stunde eines arbeitsamen Tages. Nicht, dass sie einen Streit austragen müssten, nein, sie rempeln sich an und rennen sich fast um, weil es keine Verkehrsregeln gibt in ihrem Sausen hin und her im weit reichenden Office, das schier unaufhörlich zu sein scheint, selbst eine wie auch immer festgelegte Ordnung würde jeglichen Überblick verwehren.

Aktenbündel und Papiere werden eingesammelt, unter den Arm geklemmt, von einem Platz zum anderen getragen und wieder abgelegt. Und dann wiederholt sich diese Szenerie, hin und her, und die Hektik gehört dazu, ja, sie ist notwendig zum Funktionieren und damit alles und andauernd aufs Neue gelingt, oder auch nicht.

Und sie, Kitty, ist mittendrin.

In einer ihrer ganz seltenen ruhigen Minuten hat sie zuweilen schon den Gedanken, etwas sollte vielleicht anders sein, ein wenig mehr Ruhe täte denen, die da Papiere tragen und laufen und rennen und klappern und schwitzen, gut und wäre der Gesundheit, von der die ganze Welt doch täglich und andauernd redet und schreibt, dienlich.

Aber bei den wenigen Gedanken dazu bleibt es denn dann auch, denn dieses schöne chaotische Lebendig-Sein kann nicht einfach und ohne Schaden verringert oder gar beendet werden.

Sie, Kitty, ist schließlich mittendrin.

*„Es handelt sich darum,
alles zu leben."*

Eine Stadt und ihr Park

Kitty ist gern stets in Eile. Das ist keinesfalls negativ zu werten, sondern als ein positiver Stress zu sehen, in ihrer wunderbaren Business-Welt. Also beschränken sich ihre Unternehmungen auf die Stunden, die übrig bleiben außerhalb ihres papierbeladenen Schaffens, und also bleibt Kitty meistens da, wo sie lebt und arbeitet, in *ihrer* Stadt und sucht sich hier ihre Erholung, in jener Stadt, die immer lebendig ist, bei Tag und in der Nacht.

Wenn ihr danach zumute und es dann auch tatsächlich möglich ist, ab und zu, organisiert sie sich gerne mit Freunden, sie pflegt diese Meetings und ihren Freundeskreis, sie liebt Unternehmungen und hält sich einen liebevollen Zusammenhalt warm. Für sie ist „have fun" kein lapidarer Spruch, nein, Kitty versteht ihn als eine Basis zu dem, was wir Zufriedenheit nennen können, und sie weiß, mit gemeinsamem Spaß glückt diese am besten.

Heute jedoch gönnt sie sich einen Spaziergang, ganz bewusst, nur mit sich selbst macht sie sich auf den Weg durch diesen riesengroßen Park. Mitten in der Stadt ist er gelegen, nein, mehr noch, er füllt die Stadt ganz aus. Die Menschen nennen in den *Central Park*. Ihr Bürohaus ist dem Park sehr nah und sie schätzt diese Gunst, ihn sofort und unmittelbar betreten zu können, hier, im Herzen ihrer fantastischen Stadt, mitten in Manhattan. Nicht umsonst nennen die Einheimischen den Central Park mit seinen weiträumigen Wiesen stolz ihre „grüne Lunge", und der Slogan „forever green" gefällt nicht nur den Millionen Besuchern, die da kommen, sondern auch Kitty. Alles ist so schön, weitläufig und sauber-gepflegt, sogar eine Burg kann wer das möchte bewundern, und Kitty liebt den Anblick von Burgen, weil sie so trutzig-erhaben sind.

Kitty hat, wie der Leserin und dem Leser schon erzählt ist, ihren Freundeskreis, keinesfalls möchte sie ihn missen, ja, sie könnte sich nicht einmal vorstellen, ohne Bekanntschaften zu sein. *Wollen wir morgen nicht wieder einmal etwas unternehmen?, wir haben doch jetzt schon länger nichts mehr zusammen gemacht ...,* sie pflegt ihre Kontakte wohlüberlegt und gut durchdacht, ein Zusammensein ist ihr wichtig, und irgendeine Einladung ist immer unterwegs, das Telefon steht nicht still, an manchen Tagen sind die Nachrichten unaufhörlich, und dieses planende Miteinander verbindet sich gut mit dem, was sie braucht. Es festigt ihr Selbstgefühl stets aufs Neue.

Freunde, die sich mit ihr auf den Weg machen, in der so knappen Zeit, in den Central Park hinein, schätzt sie sehr und sie ist dankbar dafür, dass sie ihren Kreis hat. Mit den Freunden eilt sie zum Joggen, ein anderes Mal zum Bootfahren unter den eindrucksvollen Brücken hindurch, an den sprudelnden Wasserfällen vorbei, einmal zum Spaß haben auf einem der Baseball- oder Softballplätze, einem Basketball-Court oder zum Picknicken bei einem Event, ein anderes Mal sind sie gar zuhörende Gäste bei einer der vielen Konzerte, die sich dort bieten. Manchmal entscheiden sie sich für ein kurzes Wandern, an einem anderen Tag sitzen sie zusammen in einer der Pferdekutschen, oder sie wählen sich eines der vielen Cafés, sie und ihre Freunde. Freudig und fröhlich geht sie mit ihren Freunden dahin und dorthin, ... zum Eislaufen im Winter, zum Rad-Fahren im Sommer.

Kitty genießt das Aktivsein wie ein geschäftiges Rennen, - wie jenes von Schreibtisch zu Schreibtisch im Alltag der Arbeit in ihrem Office, dort im Bürohaus in der Mitte der Stadt, die unverwechselbar ist. Sie erlebt es als eine Bestätigung ihrer eigenen Akzeptanz, und sie ist gern in Gesellschaft, dies jedoch, und auch das muss der Leserin und dem Leser gesagt werden, wohldosiert, - denn sehr glücklich und beglückt

zugleich läuft sie durch diese weitläufigen Grünflächen auch
ganz für sich allein.

*

Heute nun gönnt sie sich diesen Spaziergang, ganz bewusst
und nur mit sich selbst macht sie sich auf den Weg durch den
Park. Heute nun, bei ihrem Spaziergang, mitten durch den
Park, atmet sie ganz tief. Durchatmen tut gut und macht so
herrlich frohe Gedanken. Alles ist doch so schön hier,
großzügig angelegt und teppich-grün zum Schlendern, und sie
schaut gerne auf die stattlichen Häuser am Rande des Parks,
auf die unzähligen hell beleuchteten nahezu himmelhohen
Condos, die nach ihren Vorstellungen wohl fast nicht
bezahlbar sind. Darinnen wohnen Menschen, nicht selten
sind es Singles, die reich und berühmt sind und meistens, so
denkt es sich Kitty, sind sie auch ganz einsam.

Oben auf den Felsen

Am liebsten aber läuft sie zu den Felsen. Auch diese sind
mittendrin, und nicht nur die Kinder klettern vergnügt hinauf
und schauen von oben hinab auf diejenigen, die sich bei
jedem Wetter im Park sonnen, dort unten, auf den großen
Wiesen in der Mitte, die schier endlos zu sein scheinen. Es
sind recht viele Felsen, und Kitty klettert begeistert all die
Steine hinauf, die Felsen sind so herausfordernd steil, und wer
sie überwindet und die Anhöhe erreicht, ist wie auf einem
Aussichtsturm und fühlt sich dort voller Stolz, aber ganz
sicher auch geborgen.

Eine Gruppe von Kindern hat schon den obersten Felsen erreicht, ein jedes Kind sucht sich seinen Punkt wie auf einem Gipfel. Sie, die Kinder alle zu beobachten ist, wie jeden einzelnen Punkt mit einem dafür vorgesehenen Kind darauf in einer leuchtenden Farbe zu sehen, rot, grün, blau, orange…, dort in der Höhe, oben auf den grauen nackten Felsen. Dort oben singen sie dann ihr Lied, das für die Kinder heiter klingt, für Kitty bewegend und voller Gefühl und auch ein kleines bisschen traurig:

Eins, zwei, drei, vier, fünf, sechs, sieben -
wo ist denn mein Schatz geblieben?

Ist nicht hier, ist nicht da,
ist wohl in Amerika.

Kitty summt leise mit und wiegt sich dabei im Takt.

Wie die Kinder im Park ist auch sie mittendrin, und jetzt ist sie oben auf den Felsen, - und sie streift doch so gern überall durch ihre Stadt, die einzigartig ist und immer lebendig.

„Keine Straße ist lang
mit einem Freund an der Seite".

Eigenwillige Straßen

Was ist das doch für ein lebendiger Verkehr in dieser Stadt, in all den vielen Straßen und auch und gerade am Broadway lassen sich die unaufhörlich vor sich hin fahrenden Autos bewundern, alle nur denkbaren Marken und Typen sind vertreten, und die ein Auto chauffieren tun das nicht in Stille, sondern laut und um die Wette hupend, das Hupkonzert endet nicht und niemals, es ist wie ein bunter Posaunen-Mix, der alles übertönt, er mutet aufgebracht und kraftvoll an und dabei ist alles zusammen doch ein so nettes Hupen. Ja, in dieser Stadt sind auch ihre Straßen stets lebendig.

Die Straßen in dieser atemberaubenden Stadt sind eigenwillig und so ganz anders, als wir Straßenzüge kennen, anders als auch Kitty sie je erlebt hatte, mit ihren durchaus markanten Eigenverläufen sind sie Besonderheiten. Inzwischen sind sie für Kitty heimatlich geworden, sie haben sich ihrer angenommen. Sie sind ihr vertraut.

Durchschnittliche Straßen, die uns überall in der Welt begegnen, haben Kurven und Ecken, und um ein gewünschtes Ziel zu erreichen, verlässt sich Kitty auf ihren Navigator, so wie das heute üblich ist. Tatsächlich gibt es aber auch noch Menschen, die eine vielfach gefaltete Straßenkarte zücken, die sie aus ihrer Tasche gezogen haben, Kitty hat dieses Verhalten beobachtet: dort, wo sie gerade stehen, breiten sie diese aus, und wenn eine Karte aufzuklappen ist wie eine Zieh-Harmonika, von weit oben bis ganz unten, und dann überdimensional bis auf die Erde fällt, im nötigen Fall möglicherweise bis auf den steinigen und angegrauten Boden derjenigen Straße, die gerade als Standort gewählt ist, hinunter, dann ist das ein interessantes, vielleicht sogar abenteuerliches, aber durchaus nicht immer einfaches und bequemes und schon gar nicht in jedem Fall befriedigendes Unternehmen. Zu dieser Erkenntnis ist Kitty bei ihren Beobachtungen längst gekommen.

Die Straßen, die stets lebendig sind in dieser Stadt, sind also so ganz anders, und Kitty schätzt es, sie in ihrer freien Zeit einfach zu begehen. *Hallo, ich bin wieder da*, möchte sie am liebsten rufen.

Diese Straßen können nur beeindrucken, denn, wer sich in ihnen bewegen möchte, von einem Punkt zu einem noch zu erreichenden Ort, hat weder einen „Navi", noch eine Karte nötig, um sein gewünschtes Ziel zu erreichen. Diese Straßen verzichten gänzlich auf Kurven, denn sie verlaufen *schnurgerade*, jede von ihnen scheint wie mit dem Lineal gezeichnet, wie mit einem Zollstock angelegt und haarscharf geradeaus und säuberlich strukturiert. Einfach auf ein Blatt Papier aufgemalt könnten die Straßen sein, und vom Broadway wegführend streben sie nach rechts oder nach links, so gradlinig markant, dass ein jeder sich schnell und problemlos zurechtfinden wird. Jede Straße wäre gleichermaßen zu messen, denn eine jede der Straßen hat doch irgendwie die gleiche Länge und die gleiche Breite. Die hohen Häuser darin, und die netten eifrigen Menschen darin gleichen sich auch, und dies, obwohl sie doch so verschieden sind.

Die Stadtoberen haben dafür gesorgt, dass es zu keinem Verwirrspiel kommen kann bei der Suche nach einem bestimmten Ort, der in einer vorgemerkten Straße vermeintlich aufzufinden sei, sie haben den Straßen keine alltäglichen, auch keine wohlklingenden Namen gegeben, und niemand braucht sich *Frühlingsstraße* oder *Narzissenallee* zu merken, auch nicht *Unter den Linden*, *Großer Stern*, schon gar nicht *Downing Street*, *Reeperbahn* oder *Drosselgasse*, ... nein, sie haben eine mathematische Regelung gefunden, eine logische Ordnung, die nachvollziehbar ist: in dieser aufregenden Stadt haben sie ihre Straßen einfach durchnummeriert. Ziffern und Zahlen sind schließlich anerkannt-festgelegte Größen und bewähren sich daher uneingeschränkt, und für Kitty liest sich ganz spannend, was auf den blitzblanken Schildern steht:

Die *Streets* verlaufen in Ost-West Richtung, die *Avenues* nach Nord-Süd, und der Broadway gefällt sich als ihre Mitte. Jede einzelne Straße gibt ihren eigenen Hinweis ab, erfreulich zuverlässig, und so gibt es hier eine 1. Straße, eine 2. Straße, eine 3. Straße oder eine 8th Street und eine 14th Street ..., und eine 100. Straße gibt es womöglich auch.

Nirgendwo ist es einfacher und beglückender sich zu orientieren als in dieser Stadt, sagt sich Kitty, wenn sie eine der Straßen betritt, was sie doch so gerne tut, so oft oder so selten sie es nur kann. Eine so maßgenommene Ordnung kann doch nichts als begeistern, und so ist sie mit den Straßen in ihrer Stadt mehr als zufrieden.

*

Kitty bleibt stehen. Sie liebt es, einfach stehen zu bleiben, an irgendeinem Straßenrand still zu stehen, um zu schauen und die Dinge für sich zu erkennen. Mit der Zeit hat sie dann bemerkt, dass nicht nur die Straßen in dieser besonderen Stadt eigenwillig sind, sondern auch *ihre Menschen darin*, die sie beleben. Am liebsten möchte sie die unzählbaren Leute einzeln zählen, wie sie hier schlendern oder flotten Schrittes gehen, sie richtet ihren Blick auf alle, die sie hier sieht, auf die tagtäglichen Leute und die flanierenden Touristen, und sehr gerne blickt sie auf die vielen Einheimischen. Gerade *sie* sind ja gut zu erkennen, da Kitty ihnen ansehen kann, wie stolz sie auf ihre Stadt sind. Einen solchen Stolz tragen schließlich nur die Bürger dieser aufregenden Stadt unübersehbar mit sich, nur diese zeichnen sich damit aus wie keine anderen einheimischen Bürger irgendwo auf der Welt.

In den Straßen sind es quirlige und selbstbewusst tänzelnde Teenager, die sich dort tummeln, viele kennen sich und plaudern miteinander, und es sind junge Frauen und Männer, es sind Babys in „Buggys" und „Strollern", es sind *Toddlers* und kleine oder größere Mädchen und Buben, es sind Damen und Herren und davon sind es ältere und sehr alte Menschen hier, nicht wenige von ihnen gehen an Stöcken oder schieben einen Rollator vor sich her, und Kitty nimmt sie alle in sich auf.

Sie lenkt ihre Augen nach unten, schaut auf die vielen Beine, von welchen jeweils zwei in einer jeweils dazugehörigen Hose stecken, meist sind es Jeans, die sich doch so gleichen oder sich immerhin meistens doch recht ähnlich sind. Spaß macht es auch, auf lang-wallende Röcke zu schauen; sie sieht hin auf kurze lustige Röcke und sie lenkt ihre Augen immer wieder auf die unendlich vielen Füße, die da trippeln oder schreiten, sie alle zeigen sich in vielfältigen bunt-gemixten Schuhen, die sich aber meistens doch recht ähnlich sind.

Ihre Ohren aber richtet Kitty auf das Sprechen, darauf konzentriert sie sich am meisten, und es sind *hunderttausend Sprachen*, die sie hört, und dahinter stecken doch *hunderttausend Kulturen*, denkt sie sich und lauscht. Und *hunderttausend Sätze*, Aussagen und Beteuerungen, die ihre Gedanken und Wünsche und Sorgen tief ins sich tragen und die alle zusammen unsere Welt gestalten sind es ja wohl auch. Das sind starke Eindrücke, sagt sich Kitty, herausfordernd und nachdenklich-machend für sie selbst.

Verlangt all das aufregend Lebendige nicht nach einem Innehalten? fragt sie sich. Die Antwort ist so einfach und, ja, ein Innehalten tut gut.

*„Gegen das Leben
an irgendeiner Stelle ablehnend zu sein,
ist mir nie eingefallen."*

Von jedem Ort zu jedem Ort

Eine so einzigartig lebendige Stadt hat dafür Sorge zu tragen, dass die Menschen darinnen, ihre Bürger und ihre Besucher, und vor allem aber die eiligen, eifrigen und stets neugieriggeschäftig blickenden Business-Leute dahin gelangen können, wohin sie ihre jeans- und rockbekleideten Beine, die unzählbar sind, lenken möchten, und das möglichst schnell und vor allem kurzstreckig und fahrbar. Also hat die Stadt ein vielfältiges Angebot bereit zu halten, *von jedem Ort zu jedem Ort*, und sie hält es bereit. Jeder kann es nutzen, kann sich auf Rädern und Schienen fortbewegen lassen, und zu Wasser auch. Sie nennen es ihr „Traffic-System", vor allem meint es verzweigt und vernetzt all die Bahnen, die so unermüdlich und intelligent durchdacht agieren.

Es meint aber auch die kleinen oder auch größeren Schiffe, die planvoll und zuverlässig fahren. Über den großen behäbig-breiten Fluss bringen sie ihre Passagiere vom Mittelpunkt der Stadt, den ihre Bürger ja, wie die Leserin und der Leser schon wissen, Manhattan nennen, überall hin und wer das will, kann rund um dieses Manhattan fahren, rundherum so oft sie oder er das will, das breite Wasser des stattlichen Rivers macht es ganz bequem und selbstverständlich möglich.

Dieses kraftvolle Gleiten durch den Fluss nennen sie ihren *Waterway*, es gibt *Water-Taxis* für diejenigen, die eilig sein müssen oder gar „busy", aber viele Leute sitzen auch zum Vergnügen in einem der Schiffe, die sie *Ferries* nennen. Kitty betrachtet so gerne die Gäste der Stadt mit ihren Rucksäcken, es sind Frauen und Männer, die wohl auf kommende Eindrücke warten, und die mit gespannten Blicken in einem dieser Ferry-Boote sitzen und erlebnishungrig um sich schauen, weil sie Touristen sind.

Zurück zu den verzweigt unermüdlichen Bahnen in dieser Stadt, sie nennen sie *Trains*, die S-Bahnen auf Schienen haben erklärende Namen und die einheimischen Bürger wissen genau, dass etwa der „Path"-Train dafür sorgt, auf ihrer Fahrt zwar ganz in der Nähe zu bleiben und doch, es scheint wie ein Wunder, sogar einen anderen Staat zu erreichen.

Kitty liebt jede der Bahnen, regelmäßig besorgt sie sich Tickets, die sie dann auf Vorrat in ihrer Tasche hat, sie steigt ein und aus und sie tut es so gern zum Vergnügen, sie fährt einfach vor sich hin und sie wechselt die Bahnen wie Korridore eines Verwaltungsgebäudes. Sie setzt sich zu den Menschen, die schnell von einem Ort zum anderen kommen möchten, und Kitty meint, es seien auch Hausfrauen und Schüler und junge Rentnerinnen und Rentner hier und Frauen, die hin und her fahren, um ihre Geschäfte oder ihre Einkäufe zu erledigen.

Nichts ist kompliziert in diesem Fahr-System, auch nicht das unendliche U-Bahn-Netz, das sie *Subway* nennen. Alles war ihr einst schnell vertraut geworden. Kitty mag dieses Subway-System, obwohl es so tief unten angesiedelt ist in seiner kalten Dunkelheit, die nicht enden will, und es sind zehntausend Gewölbe, miteinander verwoben oder nicht, die dunklen Bahnen muten manchmal ein wenig unheimlich an, und wer in der großen Menge an einem der Bahnsteige steht in der Erwartung einer der flotten Bahnen, wird leicht auch noch im Traum und mit geschlossenen Augen von ihr verfolgt, weil sie mit dumpfem Geräusch laut rasend einfahren wird, um plötzlich, fast unerwartet dröhnend zu stoppen, damit die Türen sich öffnen, in Windes-Eile. Wer hier einsteigen will, darf nicht zögern, weil sich die Türen schnellstens und kraftvoll schließen, in Windes-Eile, und nicht ohne Gefahr für Menschen, die nicht zügig handeln, weil sie diese Eiligkeit, die hier als eine spontane Reaktion gefordert ist, nicht schnell genug bedenken und schon gar nicht verinnerlicht haben.

Auch Kitty steigt zu, und sie überwindet bei jedem Zusteigen eine kleine, aber nicht wirklich enden wollende Angst vor jeder Tür einer jeden Subway, die sich ja, wie die Leserin und der Leser nun wissen, schnellstens und kraftvoll schließt und also unerwartet hart und früh zuschlagen könnte und *bevor* auch sie, Kitty, ihr Einsteigen hat beenden können.

Brainstorming ist demnach stets gefragt, und inzwischen ist sie im Zusteigen perfekt geübt, aber so gänzlich verliert sie sich nicht, diese Angst, und schon längst hat sie sich damit abgefunden, dass sich das nicht ereignen wird, nicht in ihrem Leben. Die kleine Angst gehört zu ihr, und sie wird ein bisschen aufregend bei ihr bleiben.

Diese kleine Angst, erinnert sich Kitty gerade eben, macht bei ihr auch vor anderen Türen, sollten diese automatisch wirken, nicht so wirklich Halt, wie etwa dort vor keinem der überall wartenden Aufzüge, die auch Fahrstuhl heißen oder Lift oder *Elevator* genannt werden, in ihrer Stadt.

Aber Kitty hat gelernt mutig zu sein und die Dinge frohgemut zu meistern: dort einen der verfügbaren Elevatoren zu benutzen, und hierfür finden sich hinlänglich zwingende Anlässe, auch dort am „Elevator" hat sie gelernt, mit einem sprunghaft-großen Schritt sein Inneres sicher zu erreichen:

gekonnt und kühn springt sie in jeden Lift hinein.

*

In der Subway sitzt sie hier nun heute wie so oft. Sie fährt mit, lange dumpfe Strecken weit, und da sitzen sie nun alle nebeneinander auf den langen breiten Holzbänken, die meisten von ihnen sind die tagtäglich berufstätigen Pendler von hier nach dort und umgekehrt, sie schauen vor sich hin und manche von ihnen hängen ihren Gedanken nicht einmal nach, meint Kitty, vor sich hin schauen sie nur, weil sie müde sind, und da der Alltag von ihnen diese Fahrt jetzt erfordert, minuten- oder stundenlang. Oh ja, es ist gut zu erkennen, nicht wenige der Leute, die hier sitzen, tragen eine schwere Last, eine Lebenslast wird es sein.

Ganz einfache Menschen sind darunter. Kitty sieht genau hin, wie sie, *die einen,* bescheiden gekleidet sind, stumm sitzende und mitfahrende Leute, abgearbeitet sehen sie aus und ärmlich und verhärmt. Das Wort Reichtum haben sie niemals gehört.

Und daneben, in selbstverständlicher Nachbarschaft, sitzen *die anderen*, diese gutgekleideten Herren in feinen Anzügen aus edlem Tuch, ihre schwarzglänzenden Schuhe, die spitz nach vorne verlaufen und denen man ansieht, dass sie mit weichem Lappen gepflegt werden, strecken sie zusammen mit ihren Füßen aus und vor sich hin.

Die Herren, ganz nah neben sich haben sie ihre Aktentaschen, die aus duftendem braunem oder schwarzem Leder sind, abgestellt, manche ein *Tablet* auf ihrem Schoß ausgebreitet, die Herren gehen auch hier in der Subway strebsam ihren Geschäften nach, das ist für Kitty deutlich zu erkennen. Ein *cellphone*, so nennen sie ein mobiles Fon in dieser Stadt, entdeckt sie in fast jeder Hand, und auch wenn sie die Inhalte fortlaufender Gespräche nicht erkunden kann, ist deren Wichtigkeit doch nach außen deutlich präsent, und der wiederholte Blick auf die Armbanduhren, deren Gehäuse golden leuchtet, unterstreicht eine nicht enden wollende Betriebsamkeit, eine Emsigkeit, die betroffen machen kann.

Die Herren mit den Aktentaschen aus duftendem Leder tragen Krawatten, damit zeigen sie ein Niveau und einen Hauch von Eleganz. Eine Krawatte unübersehbar und persönlich zu machen ist eine Aufgabe, sich damit zu zeigen gehört zu den intellektuellen Pflichten, die ihren mehr oder weniger stolzen Trägern vom beruflichen Standort aber auch von sich selbst auferlegt wurden, dieses notwendige Accessoire darf einfach nicht fehlen.

Die Leserin und der Leser wissen natürlich, dass sich Krawatten voneinander unterscheiden, zunächst in ihrer Farbe, es gibt sie einfarbig oder gemustert, gerne auch mit

Punkten versehen, und sicherlich wissen sie auch, dass die jeweils gewählte Farbe viel über charakterliche Feinheiten aussagen kann oder auch über eine jeweils empfundene Stimmung.

Die Farbe *Orange* meint schließlich doch etwas ganz anderes als ein *Grün* oder ein *Braun*. Krawatten unterscheiden sich in ihrer Größe, in ihrer Länge, Breite und in ihrer Konsistenz, auch dieses Faktum sollten wir nicht übersehen.

Schon oft hat Kitty sich die Frage gestellt, warum die Krawatten-Mode eigens für die Herren nur erfunden wurde. Kitty hat ein Interesse an diesem Thema entwickelt, sich Fragen gestellt und sich eine Antwort darauf gegeben: Dokumentiert eine Krawatte nicht überaus deutlich die „Männlichkeit", und ist sie nicht gar deren Symbol, das ja ansonsten gänzlich verborgen wird, und das eben hier, wenn auch diskret und unsichtbar bleibend, dennoch zur Schau gestellt werden darf? Ja, könnte es nicht sogar sein, dass sich die eine oder die andere der eifrig getragenen Krawatten, da sie doch alle farblich und stofflich verschieden sind und sich artig umgelegt präsentieren, für den einen oder den anderen Herrn als ein „Ersatz-Objekt" empfehlen möchte? Ja, demonstrativ vorgezeigtes Mann-Sein, wie es uns ja mit den männlichen Bart-Frisuren und der sich in ihnen unübersehbar spiegelnden Individualität bekannt und vertraut ist, leuchtet ein, so könnte es sein, und das ist doch keinesfalls schamhaft verwerflich, meint Kitty in ihrem Denken und ist davon überzeugt.

Diese Überlegungen, nur ganz in der Stille sind sie ja angedacht, machen Kitty nicht selten ein wenig verlegen - und begründen doch ihre wiederkehrenden Fahrten im U-Bahnnetz, die eine oder die andere, von jedem Ort zu jedem Ort.

Eigentlich und ehrlich durchdacht sitzt sie auch deswegen in ihrer freien Zeit so gern in der Subway - und manches Mal wünscht sie sich auch, eine Fahrt wolle und solle nicht enden.

> *„Vergessen Sie eines nicht,*
> *das Leben ist eine Herrlichkeit!"*

Hallo, Lady Liberty

Unermüdlich gleitende *Ferry-Boote* bringen ihre Passagiere auf kürzestem Fahrweg und ausgehend von Manhattan von der einen breiten Seite des behäbig-schönen Flusses zu seinem anderen Ufer, zum Land auf der anderen Seite, das nicht nur eine andere Stadt, sondern tatsächlich sogar ein anderer Staat ist, und deren Ufer sich demnach auch nicht mehr Manhattan nennt.

Die Ferries fahren nach „Liberty Island", schnurgerade überqueren sie das breite ruhige Wasser, hin zu diesem Symbol der Freiheit, das sie *Statue of Liberty* nennen. Auch für diese Fahrt hat Kitty heute, wie schon längst einmal und dann immer wieder, ein Ticket erworben. Sie liebt es, vom Boot aus die Silhouette der Häuser am anderen Ufer betrachten zu können, dieser Häuser, die eigenwillig und in verwegenen Höhen aufragend angeordnet sind wie nirgendwo anders in der Welt, niemals wäre es möglich, sie mit einem anderen Bild, das sich anbieten könnte, zu vergleichen und schon gar nicht zu verwechseln oder sie einem gewöhnlichen „Sightseeing" zuordnen zu wollen. Nein, diese Häuser eignen sich nicht dafür.

Jetzt aber wendet sie ihren Blick von ihnen ab und ihrem Zielort entgegen. Schon von weitem erkennt sie die berühmte

Lady, sehr groß kommt sie ihr auch heute vor, und wie immer hat die Lady auch heute einen Arm weit nach oben gestreckt, weil sie doch, wie Kitty jedenfalls meint, zeigen will: *seht her, hier bin ich!* und vermutlich stellt sie sich dafür hoch auf die Zehenspitzen. Unter ihren Rocksaum kann Kitty zwar nicht blicken, dennoch hält sie ihre Annahme für ziemlich wahrscheinlich, weil die Lady sich ja nur spitzenstehend noch ein bisschen mehr recken und strecken kann, höher hinaus.

Die meisten Schiffe fahren rund um die *Statue of Liberty*, immerzu rund herum. Kitty erinnert sich gut an ihre erste Fahrt hierher, das war vor einer Ewigkeit. Damals war sie aus der Ferry ausgestiegen und hatte sich auf die Bank gesetzt, die sie am Ufer aufgestellt haben, sehr nah und geradeaus der Lady gegenüber. Sie fühlte sich winzig klein im Sitzen, und die Lady zeigte sich jetzt noch viel größer, weil Kitty ja nun sitzend von *klein-unten* nach *hoch-oben* blicken musste, um die Dame gänzlich zu erfassen. Im Stehen wäre ihr der Aufblick allzu schwindelerregend majestätisch und kaum möglich gewesen, aber auch sitzend hatte sie diesen einen Gedanken:

Wenn es überhaupt eine Frau auf der Welt geben kann, die sich so selbstbewusst- siegessicher nach oben streckt, dann sicher nur sie, diese Lady, in ihrem weiten bunten Land.

Hallo, Lady Liberty.

*

Als sie auf dieser Bank gesessen hatte, damals zum ersten Mal, vor einer Ewigkeit, war ein stattliches Paar auf sie zugekommen, Besucher der Lady seien sie, wie Kitty selbst auch, das erzählten sie. Als ernsthaft Intellektuelle, die sich gerade auf einer Studienreise befinden, stellten sie sich sofort und höflich vor.

Dürfen wir uns zu Ihnen setzen? fragte er, und beide saßen dann auch schon, ehe Kitty eine Antwort nicken oder sagen konnte.

In unserem Beruf haben wir es mit interessierten Schülern zu tun, erklärte der Mann. Er war elegant-sportlich gekleidet, ein wenig konservativ, und Kitty konnte sofort sein Outfit aus dem guten Fachgeschäft erkennen, vielleicht von *Hugo Boss*, was damals den Ruf des Wertvoll-Seriösen hatte. Ein wenig teurer, ja, dafür aber von bester Qualität, das war nicht zu übersehen. Und fast schon im Partnerlook das ihre, sympathisch flotter, vermutlich von *Bogner* oder mindestens von *Gerry Weber* oder von *Marc Cain*. Ein gut situiertes Paar eben, durch und durch solide, beruflich engagiert erfüllt es seine Pflichten im lehrerhaften Leben und hat Anspruch auf den Lohn, den es sich erarbeitet, Tag für Tag, gewissenhaft, so, wie es sich gebührt, das erkennt Kitty gut. Deshalb steht ihm, dem fleißigen Paar, auch diese Reise zu. Es ist ja eine Studienreise, hat Kitty gleich erfahren, und schon entspinnt sich ein eifrig-belehrendes Gespräch:

Wir haben alle wichtigen Details, die um die Statue of Liberty kreisen, zusammengetragen, auch schriftlich, wissen Sie. Die Lady, die hier seit weit mehr als 100 Jahren steht, ist die römische Göttin der Freiheit, und sie war ein Geschenk von Frankreich, nicht die Idee des Landes, das sich im übrigen „land of the free" nennt. Wussten Sie das schon? und kennen Sie überhaupt diese Bezeichnung?

Die nette Unterweisung geht weiter:

Klingt das nicht wunderbar, ich habe mehrere Übersetzungen gefunden, und am besten passt diese: gemeint ist ein Land, das ganz und gar frei ist. Es duldet keinen Zwang.

Was sind das doch für gebildete Leute, denkt sich Kitty. Sie nickt anerkennend, zumindest diese Geste wird wohl erwartet.

Ist Freiheit nicht ein großartiger Begriff? Sich ganz und gar frei fühlen können? Stolz sein, nicht abhängig sein, sich auch nicht irgendwelchen Regeln und Vorschriften unterwerfen zu müssen?

Die Begeisterung der begeistert Lehrenden scheint keine Grenzen zu kennen.

*Genau deshalb steht sie hier, die Lady, denn sie verkörpert dieses Frei-Sein, und sie **ist** die römische Göttin der Freiheit. Schauen sie nur hin und Sie erkennen das alles.*

Ganz brav schaut Kitty hin, so wie es von ihr erwartet wird.

Das tut sie im Übrigen auch heute. Inzwischen hat sie ja schon so oft hinaufgeschaut, dass es ihr kaum mehr schwindelig wird.

Auf einem massiven Sockel stehend hält sie, die Lady, eine vergoldete Fackel in einer Hand, sie hält sie hoch, sehr hoch. Das grün-blaue Gewand der Lady wirkt nicht vergilbt, sondern sieht blendend aus, so als wolle es über das ganze Land strahlen. Sie trägt eine Krone, eine Strahlenkrone. In der anderen Hand trägt sie eine Tafel. Darauf ist der Text einer ethischen Erklärung zu lesen, weltweit bedeutsam, auch das hatte sie bei ihrer ersten Begegnung mit ihren Bank-Nachbarn von ihnen gelernt. Dieser Text sei das eigentliche Symbol der Freiheit, auch das hatte sie erfahren, ein Wahrzeichen für die Stadt und für die ganze Welt. Jeder der hierher komme, müsse einfach stolz sein, dieses Wahrzeichen betrachten zu dürfen, hatten ihre zufälligen Gesprächspartner gemeint.

Kitty erinnert heute noch mehr: Ein anderes Paar, sehr jung, sehr schlicht gekleidet, war des Weges gekommen, es wird einbezogen mitten in das belehrende Gespräch, ohne jede Frage. Die beiden, fast noch Kinder, hören zu, leise, zaghaft und ganz schüchtern antworten sie auch auf Fragen. Ja, sie seien auf dem Weg, sich selbst zu finden, - *und einen Job*. Ein bisschen Anerkennung und Belohnung auch, oh ja, das würde schon befreiend sein und helfen.

*

Auch heute hat sich also Kitty auf die Bank gesetzt, die sie am Ufer aufgestellt haben. Die steht da ja schon seit einer Ewigkeit, sehr nah und geradeaus der Lady gegenüber. Kitty fühlt sich klein im Sitzen, genauso wie damals, denn die Lady zeigt sich noch viel größer, wenn man sitzend von *klein-unten* nach *hoch-oben* blicken muss, will man die Dame ganz erfassen. *Hallo, Lady Liberty!*

Ein bisschen Anerkennung und Belohnung würde schon befreiend sein, vor allem aber ein Job, das hatten die jungen Fast-Noch-Kinder gesagt, Kitty erinnert das genau, vom *land of the free* war auch bei ihnen die Rede gewesen, - und davon, was Menschen gut tut.

Es gibt wohl viele Übersetzungen für einen einzigen Begriff, das hatte sie damals gehört. Das denkt sie auch heute, und einige der infrage kommenden Deutungen, so denkt sie weiter, beziehen auch Menschlichkeit und Rechte und Schutz und Würde mit ein. Die Lady, zu der Kitty aufblicken darf, reckt sich hoch auf die Zehenspitzen und, wie immer, hat sie den einen Arm weit nach oben gestreckt.

Noch etwas nimmt Kitty heute wahr, vor einer Ewigkeit hatte sie es an der Lady nicht einmal bemerkt:

Zu Lady Liberty's Füßen liegt eine Kette. Es sieht so aus, als sei sie zerbrochen.

Große und kleine Stadt-Gelegenheiten

Nun könnte bei der Leserin und dem Leser leicht der Eindruck entstehen, sich da oder dort zu vergnügen sei für Kitty fast an der Tagesordnung oder es sei gar ein volles Programm. Nein, dieser Eindruck täuscht, sie ist ja gezwungen, ihre Unternehmungen wohlüberlegt zu dosieren und ihre Planungen und Wünsche den knappen Möglichkeiten anzupassen. Gleich eingangs zu Kitty's Erzählung haben die Leserin und der Leser erfahren, dass sie, hätte sie auch nur etwas mehr an Freizeit, vieles mehr unternehmen würde, munter, einfach so, ganz privat und für sich selbst. Einfach so.

Kitty bescheidet sich, aber sie genießt ihre kleinen Highlights, die sie sich gerade ausgewählt hat und die sich doch so gerne wiederholen lassen. Sie pflegt sie alle, und sie hat gelernt, ein jedes davon wertzuschätzen, in ihren wenigen freien Stunden und an den seltenen Tagen ohne Geschäfte.

Liebevoll nennt Kitty diese kleinen Aktivitäten ihre *„Stadt-Gelegenheiten"*, und sie macht sich auf zu ihren ganz persönlichen Events, auch wenn diese nur kleinere Abwechslungen sein können, die kurzzeitig flott absolviert werden müssen.

Natürlich sind das zunächst jene starken Ereignisse und die darin zu findenden Eindrücke, die Kitty am meisten begeistern und die gerade eben schon erzählt wurden. Diese lässt sie am liebsten wiederkehren, weil die Wege dorthin mit den besonderen Orten und Plätzen verwoben sind, die ihr Herz zutiefst erreichen und die zu ihrer Seele sprechen, auch das haben die Leserin und der Leser ja mitempfinden können.

Da gibt es aber noch andere Plätze, die der lebendigen Stadt ins Gesicht geschrieben sind und die Kitty besucht, wenn sie eine kleine Zeit dafür findet.

Hallo, ich bin wieder da, das ruft sie auch diesen zu, und sie knüpft Begegnungen mit solchen Plätzen und Häusern und Räumen, die ihre ganz eigene Gestalt haben, die einfach sympathisch sind oder zum Staunen auffordern dürfen. Kitty umfasst sie - klein oder groß - mit Freude, und manche von ihnen mit freundlich-kritischem Blick.

Alles betrachtet doch Kitty in ihrer so schönen Stadt, und so vieles lädt ein, wiederkehrend.

Ein Bahnhof und ein Sternenhimmel

Der Platz, den sie heute besucht, ist ein *Terminal*. Schlicht als ein Bahnhof ausgewiesen liegt es genau in der Mitte dieser grandiosen Stadt. Dieser „Bahnhof" lässt sich nur schwer als ein solcher begreifen und ist doch zu beschreiten, als eine kleine Sensation. Für Kitty empfiehlt er sich als ein Bauwerk, das mehr als besonders ist, eigenartig, ja, eigenwillig anmutend stellt er sich vor.

Bis heute ist es für Kitty erstaunlich, dass da in einem Eisenbahn-Netz Züge fahren, die für den, der von außen schaut, niemals zu sehen sein werden, und es erstaunt sie auch immer wieder noch aufs Neue, dass diese Züge hineinfahren in dieses Terminal und dann wieder heraus, zurück und hinein in die Welt.

Sie nennen das einen „Endbahnhof" und sind sehr überzeugt davon, es sei der größte Bahnhof der Welt und damit ist sicherlich mehr gemeint als nur der Gedanke eines Systems, das Eisenbahnen umfasst. Tatsächlich laufen mehr als unendlich Hunderttausende von Leuten tagtäglich durch diese

Bahnhofswelt, weil sie fahren wollen oder nur schauen. Die Stadtoberen haben versucht, sie zu zählen, und all die Bahnkunden unter ihnen kommen aus dieser aufregenden Stadt und wollen hinaus aus dem Terminal und hinein in die Welt, viele von ihnen auch wieder zurück, und sie setzen sich in einen der Züge, die für den, der von außen schaut, niemals zu sehen sein werden, auch nicht für Kitty.

Dieses Terminal nennen die Einheimischen voller Ehrfurcht ihren *Grand Central Bahnhof*, weil es ja nicht nur groß, sondern großartig ist, mitten in dieser grandiosen Stadt. Es zeigt sich schmuckvoll-rustikal, es nimmt die Menschen, die da kommen auf und behütet sie, und dies seit fünfzig oder hundert oder fünfhundert Jahren. Oder ist dieses Terminal gar tausend Jahre alt? Manche der Einheimischen nennen es ganz zärtlich auch ihre „Pendler-Kathedrale", weiß Kitty, es ist für sie ein Monument, viel mehr als ein Bahnhof, ja, es ist glanzvoll wie eine besonders heilige Kirche, man könnte es ein Juwel oder besser noch ein Museum nennen, das denkt auch Kitty schon längst.

*

Wie immer, wenn sie hier sein darf, geht sie auch heute hinein in die glänzend-glorreiche Halle mit ihren hunderttausend goldenen Kronleuchtern. Diese erfüllen eine wichtige Aufgabe, sie haben die ebenso glänzend-glorreiche und mit viel Gold dekorierte Decke anzustrahlen, bei Tag und bei Nacht leuchten sie in allen nur denkbaren Farben, die Kitty kennt, und auch in Farben, die sie niemals geschaut hat. Es ist eine schier umwerfende Deckenbemalung.

Kitty steht still und blickt hinauf zu dem Sternenhimmel, der dort oben so leuchtend abgebildet ist, und dessen tausende und vieltausende von Sternen niemals und von niemandem gezählt werden können. Ein nicht enden wollender Himmel ist es, gefüllt mit Sternen, so überaus reich bemalt. Manche Sterne tanzen sogar, und manches, das Kitty heute anschauen darf, wieder einmal, scheint auf dem Kopf zu stehen, zumindest für sie, die nach oben blickt.

Dennoch ist es unverwechselbar das, was wir einen Himmel nennen, und Kitty fühlt sich diesem Himmel so nah - und doch so fern.

Das kleine Lied aus ihren Kindertagen, auch Heintje hat es mit seiner glockenhellen Stimme gesungen, kommt ihr plötzlich in den Sinn:

Weißt du wieviel Sternlein stehen
an dem blauen Himmelszelt?
Weißt du wieviel Wolken gehen
weithin über alle Welt?

Gott, der Herr hat sie gezählet,
dass ihm auch nicht eines fehlet
an der ganzen großen Zahl,
an der ganzen großen Zahl.

Kitty singt dieses Lied, jetzt. Sie singt es so laut, inmitten dieser glänzend-glorreichen Halle, dass es ihr eine Geborgenheit spendet. Die Leute um sie herum hat sie vergessen, sie sind ausgeblendet. Dieses gemalte Universum hier ermöglicht es jedem Menschen, der kommt, nur für sich allein zu stehen und zu sehen, so auch Kitty, und um sie herum glänzen auch noch tausende goldene, silberne und *bunte Uhren*, die sie rundum aufgehängt haben, drinnen und draußen, eine protzig-schöne Tiffany-Uhr führt die Riege an. All diese Uhren sind nur dazu da, dass die Menschen hier ihre Zeit einfach vergessen mögen, denkt sich Kitty, und wer sich darauf einlässt, so wie gerade eben sie selbst, vergisst tatsächlich für eine kleine Weile die Endlichkeit und ahnt ganz still in sich das, was eine Unendlichkeit bedeuten könnte, die sich vielleicht Ewigkeit nennt.

*

Eigentlich ist „Grand Central" mit seiner alt-ehrwürdigen Rustikalität so gar nicht passend zu dieser Stadt, die doch an Modernität und aufregender Leichtigkeit wohl kaum zu überbieten ist, überlegt sich Kitty. Oder vielleicht doch?

Ja, doch, „Grand Central" hat ja schließlich auch anderes, in fast mondäner Heiterkeit zeigt sich seine berühmte Speisehalle mit der „Oysterbar", in der die Menschen Austern schlürfen, und die Restaurants und die großen Marktstände, auch das sind hunderte, werben mit ihren edlen und auch mit ihren kunterbunten Produkten. Alles ist so beeindruckend und alles ist überwältigend, auch für Kitty, und das immer wieder aufs Neue.

Ja doch, vieles macht sich schon passend, und es gibt da ja auch dieses Tennis-Zentrum mit seinen mehr als weiten Tennisplätzen, mit den mehr als eifrigen Spielern und Profis und mit all denen, die es gerne wären, und die in sich in ihren chicen Tennisoutfits auf den Spielfeldern, die sie „Courts" nennen, lässig präsentieren. Unzählige Clubs sind hier angesiedelt und noch mehr als unzählige *Stores* empfehlen sich mit einem, wie jeder *Shop* für sich meint, einmaligen Equipment, das da zu erwerben wäre, sie meinen damit Ausrüstungen und Accessoires, von Taschen und Schlägern zu Bällen und edlen Schuhen, und mit ihren Slogans wie *„Brandneu bei uns"* und *„Adidas hat alles, was du für ein perfektes Tennisspiel brauchst"* ist wohlhabende Ernsthaftigkeit und wohlfeiles Gediegensein garantiert und wird zur Schau gestellt.

Schon er allein, dieser weiträumigste Tennisplatz aller Plätze schafft die Verbindung zur Modernität, zu dem, was auch die Leserin und der Leser sich vielleicht dort vorstellen möchten, zu dem, was zeitgemäß klingen soll oder „up-to-date" oder

„am Puls der Zeit", in dieser immer lebendigen Stadt, in der Kitty zuhause ist.

„Highlights"

Es sind jetzt nur einige wenige Schritte bis zu einer anderen *„Stadt-Gelegenheit"*, bis hin zu jenem *Center*, zu dem die Touristen strömen, und das die Einheimischen eines ihrer größten „Highlights" nennen, voller Stolz. Nur allzu gerne zeigen sie es vor. Ja, ein Anziehungspunkt ist es durchaus und ganz sicher „am Puls der Zeit ", doch keinesfalls ist es so, dass Kitty dieses Zentrum favorisierte, das Gegenteil dürfen die Leserin und der Leser denken. Nur, sie kann ihm, wohin sie sich auch wenden wollte, nicht entkommen, nicht diesen Häusern und den Türmen dazwischen, von einem Ölmilliardär einst ohne Rücksicht auf Mitmenschlichkeit errichtet. Mit dem Ziel, sich eine eigene Stadt zu bauen, in der Mitte dieser Stadt, war es ihm einst nicht zu schade, dafür eine unsagbare Zahl von Häusern, die ihm im Wege standen, einfach nieder zu reisen.

Unweigerlich laufen auch Kitty's Schritte dort hin, und Kitty meint, sie müsse in einem sternförmig angeordneten Zwang auf diese andere Mitte zugehen, unweigerlich. Nein, interessiert, dieses Ziel zu erreichen, ist sie nicht, weder an einem shopping dort, noch an diesen touristen-lockenden Bars und auch nicht am überdimensionalen Christbaum im Winter mit seinen noch überdimensionaleren Lichtern oder der Eisbahn, die nicht nur ihre natürliche Kälte, sondern Geldgier auszuströmen scheint. Nein, eine solche Stadt-Gelegenheit zerstört liebevolles Miteinander und reduziert sorgendes Füreinander zugunsten geldabhängiger Sucht, davon ist Kitty überzeugt.

Genauso wie dieses Haus ganz in der Nähe, das weithin sichtbar ein „Immer-höher-hinaus-wollen" signalisiert, um dann in einem über-spitzen Turm mit einer nicht enden wollenden Antenne, von der Kitty bis heute nicht weiß, was sie eigentlich andauernd zu senden gedenkt, noch höher hinaus zu streben. Nein, auch das ist keine freundliche „Stadt-Gelegenheit" für Kitty, - aber selbst mit geschlossenen Augen kann sie auch jenem Sightseeing nicht enteilen.

Vieles hat Kitty abgewägt und alles hat sie auch hier, wie doch stets, gut durchdacht, und um ein Zeichen zu setzen gegen eine zerstörerische Macht des Geldes meidet sie gerne auch diese andere breite Straße, die sie soeben erreicht hat, und deren Länge wohl niemals enden wird in der aufregenden Stadt. Diese Straße hat sich mit *ihren* Häusern berühmt gemacht. Sie nennen sich „Kreditinstitute". Pompös sind die großen Gebäude und tausendfach verfügbar, da, wo die weltgrößte Wertpapierbörse, sie nennt sich bescheiden „Exchange", nicht nur für einen ordentlichen Wechsel sorgt, der gleichberechtigtes Handeln meinen könnte - oder gar gleiches Recht für alle, nein, das wohl nicht.

Und doch ist da etwas, das vieles verzeiht und dem Kitty *niemals* entkommen möchte, hier nicht und nicht auf anderen Wegen: Kathedralen, Kapellen, Dome und Kirchen, in majestätischer Pracht sind sie in die endlosen Straßen gestellt. Wahrscheinlich sind sie ja in voller Absicht „dazwischen" gestellt, meint Kitty, und *sie* sind die wirklichen Highlights.

Mitten im Häusergewirr ragen sie auf, jede von ihnen wie ein „Fels in der Brandung". Sie tragen sehr heilige Namen, und die größte von ihnen erhebt sich am Ende der Straße, deren Länge wohl niemals enden wird, weil sie die Macht des Geldes vertritt.

Diese Kirche hier, so fühlt es Kitty auch heute, tut der endlosen Straße gut. *Dieser* Straße gibt sie etwas, das Hoffnung macht.

„Aus"-Flüge sind schön

Auch eine so lebendige Stadt kennt Feiertage, und manchmal sind das gar zwei Tage in der Folge, sozusagen als ein staatliches Gebot. Kitty entschließt sich dann, ihre Schritte entsprechend auszuweiten und die geschenkte Zeit als einen Extra-Freiraum zu gestalten, so wie das viele Leute gerne tun.

Sie macht einen großen und fröhlichen Sprung, hin zu diesem Airport, den sie kennt und den sie fast verehrt. Dort bucht sie gekonnt ein Ticket und den dazu passenden und vor allem für sie selbst passenden Flug. Sie wählt sich ihr gewünschtes Ziel, und da sie ja fliegen wird, lässt sie ihre Stadt etwas weiter hinter sich, ein *„Aus"-Flug* soll es ja für sie sein.

Kitty hat sich, nun eben am frühen Morgen, wieder einmal für ein großes Ziel entschieden. Diesmal ist das ein Ort, den sie gelegentlich besuchen konnte. Auch er ist ihr längst vertraut geworden. Für viele Menschen ist dieser Ort Mittelpunkt eines herausfordernden Lebens und für sie selbst liebenswert zumindest für eine kleine Zeit, ein ganzes Stück weit weg vom Alltag, mit dem Flugzeug gut erreichbar, aber doch nicht allzu fern.

Ein Abenteuer sucht sie schließlich nicht, und sie legt keinen Wert darauf, sich auf neue Bilder einzulassen, wie sie ein Platz bieten könnte, der erstmals von ihr anzufliegen wäre, so spannend dieser mit all seinen viel umworbenen Aktivitäten auch sein könnte. Nein, für Kitty lieber doch nichts Neues, denn gerade schon die Vorfreude auf das, was sie kennt und doch so gut vor Augen hat, ist ihr Genuss.

Diese ihre Flugreisen liebt sie sehr, solche „Aus"-Flüge sind schön, und wenn sie schon von der Halle aus schauend beobachten kann, wie die Treppe zum Einsteigen an das Flugzeug herangeschoben wird, oder manchmal auch nur eine Gangway auszuklappen ist, dann genießt sie auch das in vollen Zügen.

Kitty sucht sich ihren Platz, eben nun, und geduldig und ungeduldig wartet sie dann auf den Start, auf das Gleiten der Räder und darauf, dass die Maschine sich endlich heben wird. Kitty fliegt doch so gern.

Es macht ein so leichtes Gefühl, dort oben *über den Wolken* zu sein, da, *wo die Freiheit* tatsächlich *wohl grenzenlos sein muss.*

„Die schönsten Momente im Leben sind nicht die,
in denen man atmet,
sondern die, die einem den Atem rauben."

Stadt der Engel

Heute nun also fliegt sie, endlich einmal wieder, in die gewaltig-große Stadt, die sie *die Stadt der Engel* nennen. Diese Stadt kann mehr als tief beeindrucken, und das nicht nur mit ihrer Weite und Ausdehnung, unendlich und schwindelerregend, sondern viel mehr noch mit ihrer einzigartigen Natur, atemberaubend.

In diesem Moment ist Kitty sicher gelandet und einer der Busse, sie stehen reichlich bereit, bringt sie an „ihren Punkt", der ihr eine grandiose Aussicht gewährt. Damals schon hat sie ihn gesucht und gefunden, und auch heute sucht und findet sie ihn wieder, gleich zuerst.

Da steht sie nun hier, in der Stadt der Engel, und wie auf einer Plattform, die erhaben ist, steht sie ganz still. Sie wendet die Augen zuerst nach rechts und dann nach links. Kitty schaut: *zu ihrer Rechten* erheben sich nicht nur wonnige Hügel, nein, ganze Gebirgsketten recken sich auf in fast aufschreckender Höhe. *Zu ihrer Linken* hingegen erblickt sie die tiefliegende Bucht mit den vielen in sie hineingeschmiegten Häusern und die Küste des Ozeans, dessen gewaltige Weite hier für die Leserin und den Leser nicht zu beschreiben ist. Solches kann in der Tat nur geschaut werden.

Ein Blick nach rechts nur und eine markant-steinerne Urwüchsigkeit tut sich auf, und ein einziger Blick nach links nur zeigt diesen Ozean als ein Naturwunder aller Meere. Hier, so empfindet es Kitty, kommen alle Meere zusammen. Dass sie hier zwar einen Anfang, aber niemals ein Ende zeigen, ergreift und macht erschauern.

Oder lässt sich, was hier sich vorstellend erscheint, diese Gleichzeitigkeit von Bergen und endlosem Wasser, in einem gedachten Wunsch nur erahnen?

Nein, Kitty ist gebannt und lässt sich nicht beirren, auch heute, gerade angekommen, sieht sie immer wieder hin. Sie schaut nach rechts und sie blickt nach links.

Sie steht auf der Plattform, - sie schaut doch so gerne. Am liebsten schaut sie mit geschlossenen Augen.

Goldener Glanz

Der Name dieser endlos großen Stadt, der sich nun Kitty für eine sehr kleine Zeit verschrieben hat, könnte allzu leicht auf *engelsgleiche Bürger* schließen lassen. Da es solche Menschen auf unserer Erde aber wohl keinesfalls gibt, wird sich Kitty auch heute, wie schon so oft, eine ganz andere Erklärung erschließen. Von dieser ist sie eher überzeugt und sie leuchtet ihr ein, die Leserin und der Leser werden sie gleich erfahren, denn Kitty denkt, auf ihrem Lieblingsplatz stehend, auch jetzt eifrig nach. Sie bedenkt all die wohlhabenden, schönen, schaffensfrohen und glanzvollen Leute, die sich hier tummeln und die Texte und Zeilen, die Noten und Töne und die Wörter und Worte wie *Film, Musik, Theater* und *Reichtum*. Sie alle geben sich hier ein lebendiges Stelldichein, unaufhörlich.

Da gibt es den langen und breiten Weg, den sie gebaut und angelegt haben, für nur einige ihrer Bürger und für einige Andere irgendwo auf der Welt, wenn diese einen wohlklingenden oder verehrungswürdigen Namen haben. Gemeint sind damit außergewöhnliche, keinesfalls durchschnittlich erscheinende Menschen, solche, die sich vielleicht um die Stadt oder, weil sie sich etwa als *Künstler* begreifen lassen, um etwas ganz anderes in ihrem Leben verdient gemacht haben. Die hier das Sagen haben in einem Komitee, sie wählen Leute aus um sie auszuzeichnen, und sie haben die ebenso außergewöhnliche Straße *mit goldenen Sternen ausgelegt*, das luxuriöse Edelmetall haben sie einfach in den Boden eingelassen.

So ist ein vergoldeter, ein nahezu goldener Gehweg entstanden, und auf den Sternen kann jeder die Namen dieser geehrten und prominenten Personen lesen, immerzu kommen neue Namen hinzu. Die meisten dieser Menschen sind mit einem Reichtum ausgestattet, auch solcher glänzt ja wie pures Gold.

Die Namen, auch das hat Kitty erfahren, sind äußerst
kunstvoll eingemeißelt worden, damit eine Gravur entstehe
und auch, damit man auf den goldenen Sternen wandern kann
oder auch hüpfen und tanzen.

Und um zu zeigen, wie sich nur diese Stadt wie keine andere
berühmt machen konnte, ist ein weiteres markantes Zeichen
gesetzt, von niemandem, der, auf welchen Wegen auch
immer, die Stadt durchstreift, ist es zu übersehen:

Sie haben einen riesigen Schriftzug auf einen ihrer Hügel
zwischen Bäumen in großen Lettern hoch in die Luft
geschrieben, mitten in der Stadt. Auch diese Buchstaben
leuchten golden, wie die Sterne auf dem Boden der Straße,
und wenn Kitty den Text auch nicht immer exakt erinnert, so
weiß sie stets seine Bedeutung, denn er meint doch:

Hier bist du in der glanzvollsten Traum-Stadt der Welt.

Der eine Hügel

Und dann ist da noch dieser eine Hügel, ein bisschen
anderswo gelegen, aber doch nahbei. Auf ihm ist tatsächlich
eine eigene kleine Stadt entstanden, die in sich selbst lebendig
ist. Sie hebt sich ein wenig ab von der „großen Schwester",
aber auch sie spiegelt Glamour und Reichtum, auf ihre andere
Weise eben, aber in einer Fülle, die sich selbst betört. Es gibt
dort nichts als ein bergiges Gelände, nichts außer Palmen und
Gärten und eleganten Häusern im Überfluss, und die
teuersten Einkaufsstraßen der Welt gibt es dort auch.
Prachtvolle Parks verwehren jedem, der spähen will, jeden
Blick hinein in die verschlossen erscheinende und doch so
aufreizend üppige Welt. Die Eingänge zu den unzähligen

Villen halten sich versteckt, für keinen, der unerwartet von draußen kommt, hätte sich diese reiche Welt je geöffnet.

Hallo, ist denn hier jemand zuhause? würde Kitty am liebsten rufen, wenn sie mit einer Erwiderung rechnen könnte. Die aber ist an jenem Ort wohl nicht zu erwarten.

Nun aber zurück zum schönen Namen der Stadt, die sich *die Stadt der Engel* nennt und zu der ganz anderen Erklärung des Namens. Eigentlich erschließt sie sich sehr leicht:

Diese Stadt mit ihrem glitzernden Ruhm, und in ihr jeder einzelne Mensch, der sich berühmt gemacht hat, sie brauchen einen besonderen Schutz. Die Stars und Sternchen und Berühmtheiten und Künstler können nur dann ihre Rolle spielen in ihrem so aufregend reichen und armen Leben, wenn sie gut beschützt werden.

Kitty ist sich, da sie eben nachdenkt, nun ganz sicher, es erklärt sich doch ganz einfach: das, und nichts anderes ist die Bedeutung des Namens „*Stadt der Engel*".

Ist das nicht eigentlich eine wunderbare Sache? denkt Kitty, und sie erinnert sich gerade an eine kleine Schrift, ganz nebenbei. In einem Kinderbuch hat sie die Zeilen gelesen:

Engel kann man nicht sehen,
aber man kann ihnen begegnen.

*

Kitty ist nun auch heute hingelaufen zu dem einen Hügel, der ein bisschen anderswo gelegen ist und doch nahbei. Immerzu aufwärts läuft sie, bis sie ganz oben ist. Dass sie da oben nicht in die üppigen Parkanlagen hineinspähen kann, ist ihr nicht wichtig. Viel mehr lässt sie sich auch heute von einem *Phänomen* beeindrucken, das ihr unvergleichlich erscheint.

Sie wird den steilen Weg noch einmal nehmen, der von diesem Hügel ausgeht, nur diesmal nun von oben nach ganz unten. Auch heute versäumt sie das nicht, denn genau darauf hat sie sich gefreut:

Wer flotten Schrittes den steilen Weg wieder hinunterläuft, bis hin zum Wasser, meint, hinein zu wandern, hinein in das unendliche Meer. Das zu erleben ist auch für Kitty ein Abenteuer, hier zeigt sich große Natur, und für niemanden, der sie hier fühlend erlebt, diese „vorgestellte Wirklichkeit", gibt es einen Zweifel an ihr.

Auch nicht für Kitty, die sich nun von der Stadt verabschieden muss, stets sehr bald und gleich schon wieder.

Adieu, du Stadt der Engel.

Wie ein Bilderbuch

Ein kleines Flugzeug ist es nur, dass sie zu einem weiteren Ziel gelangen lässt, ein anderes Mal. „Ihren persönlichen Ausflugsort" nennt Kitty dieses kleine schmucke Städtchen, weit im Süden ist es gelegen und es sieht aus *wie ein Bilderbuch*. In seinen Hunderten von Jahren hat es sich nicht verändert, und dass es ur-alt ist, verkündet es mit vollem Stolz, wann immer es sich ruhmhaft dazu äußern kann. Ist es tatsächlich die althergebrachte Stadt, die es behauptet sein zu dürfen, mit altgedientem Brauchtum, altbewährt? Ja, ist es gar die älteste Stadt in seinem Land und, kühn gedacht, unangefochten auf der ganzen Welt?

Kitty sinniert darüber nicht, für sie ist es ein hübscher Ort, er mutet eher dörflich an. Ein bunter Flecken ist sie, diese kleine Stadt, und jedem, der da kommt, verspricht sie einen heiter-frohen Aufenthalt und gewährt ihn auch. Wohlige Sonnigkeit ist garantiert und nicht nur dann und wann, nein, Tag für Tag, mit immer gleichem Flair und mit so liebenswertem Charme. Touristen, auch hier längst nicht mehr zählbar, können sich ihm nicht entziehen. Sie kommen nur zu gern in die kleine Stadt, die sich so warm empfiehlt, einheimische Bürger scheint sie nicht zu brauchen. Die täglichen Besucher reichen aus um sie zu füllen, sie kommen und sie gehen, aber sie kommen schließlich immer wieder. Freundlich-interessierte Leute sind sie alle, derart nett in ihren Freizeitlook gekleidet, dass sie sich sogar im Aussehen kaum voneinander unterscheiden, keiner vom anderen, fast gleichen sich gar ihre Schritte. Sie gehen voreinander, nebeneinander oder hintereinander, all die Leute, gleichermaßen beschaulich gehen sie, so jedenfalls ist Kittys Eindruck. Kitty beobachtet doch so gern, und sie beobachtet ganz genau.

Die Leute flanieren durch eine kleine lustige Straße. Sie scheint die einzige zu sei, die es in dem kunterbunten Flecken gibt. Ihre Gäste führt sie geradeaus hin zum historisch-schönen Museum und zum einzigen Hotel. Beide Gebäude aber sind staunenswert und imposant, in ihrer eigenwilligen Gestalt zeigen sie sich hier so unerwartet, als seien sie versehentlich hineingestellt in diese kleine Stadt, die doch, die Leserin und der Leser haben es schon erfahren, eigentlich recht dörflich ist.

Mit stattlichen Türmen und kostbaren Kuppeln sind beide versehen, und mit runden Fenstern und ebenso runden Türen und farbenfrohen Mauern, mit ihren verschwiegenen Innenhöfen und den gepflegten Gärten darin sehen sie sehr *spanisch* aus, längst hat sich Kitty davon überzeugt.

Sie sehen geradeso aus, als erzählten sie ein langes Märchen, eines aus tausendundeiner Nacht. Eine Kultur, so bunt gestaltet und in solch unverwechselbarem Stil kennt Kitty allenfalls von Bildern. Erstaunlich, schön und für jeden Erst-Besucher überraschend ist es, diesen Schmuck hier vorzufinden, und es gibt ihn doch nur hier, meint Kitty immer wieder, hier in dieser kleinen Stadt, die ein Dorf geblieben ist.

Aber auch ganz andere Eindrücke bieten sich zum Frohsinn an. Sie passen gut hierher, in dieses Ambiente, das doch nichts als sonnig ist.

Da glitzert ein Leuchtturm in luftiger Höhe und eintausend Palmen strahlen in einem satten Grün, das unbeschreiblich ist. Sie versprühen ihren eigenen Duft, und auch dieser ist nur hier zu finden. Pferdekutschen sind geschmückt und fahren ihre Gäste hin und her und all die kleinen Häuser zeigen sich in vielen Farben, sie stehen aufgereiht am Straßenrand. Fast alle laden zur Einkehr ein. Sie bieten Waren feil und empfehlen sich mit Souvenirs, mehr oder weniger brauchbar anzusehen, doch alle gerne zu erwerben.

Und Kitty schaut sich immer wieder um. Auch heute kommt es ihr tatsächlich vor als hätte sie ein lieb gewonnenes Bilderbuch soeben aufgeschlagen. Sie sieht hinein. Mit kunterbunten Farben ist es reich bemalt, den blauen Himmel und die netten Häuser zeigt es her in vielen Bildern zum Betrachten, und eine schlanke Kirche zeigt sich auch.

Ein breiter Fluss und seltene Tiere

All das prägt die muntere Stadt, und natürlich hat sie auch noch andere Dinge anzubieten. Ihre besonders sehenswerten Eigenheiten zeigt sie ja allzu gerne her: so etwa die markante Brücke, ausladend breit und kilometerlang spannt sie sich über einen *breiten Fluss*, den die Stadt ihr Eigen nennt. Sie nennt sich „Löwenbrücke", denn sie wird von zwei großen steinernen Löwenköpfen umarmt, wie Kunstwerke schmiegen sie sich stattlich an. Sie schmücken den Eingang zur Brücke und sie schmücken ihr Ende. Sie sind wohl nur da, weil sie die Brücke halten müssen, damit die Menschen sorglos und gesichert auf ihr wandern können, hat sich Kitty oft gedacht. Schließlich tummeln sich auch hier die vielen Leute, sehr beschaulich gehend, hin und her, über die Brücke und auch wieder zurück, und das an jedem neuen Tag.

Der Fluss fließt ganz gemächlich schwingend mitten durch die kleine Stadt. Er windet sich gekonnt, als habe er den Auftrag zu erfüllen, seine kleine Stadt zu teilen, damit sie in zwei Hälften zweifach-doppelt zu bewundern sei. Dieser Fluss ist leuchtend-blau, und Kitty meint, dass er die Bläue seines Wassers systematisch wechsle, von einem Kornblumenblau, das kraftvoll üppig ist, zu einem zarten Veilchenblau. Manchmal denkt Kitty so vor sich hin: *ist er nicht enzianblau, soeben, oder war das Wasser glockenblumenblau, vorhin? Spielt dieser Fluss ein kleines Spiel mit seinen Farb-Nuancen, neckisch und kokett?*

Sein Farbenspiel macht Spaß, und dass er niemals aufhört leuchtend-blau zu schimmern, nicht am Tag und auch nicht in der Nacht, das macht doch nichts als gute Laune. Er, dieser mehr als breite Fluss, er lässt die Menschen nicht nur lächeln, sondern lehrt sie auch das Lachen.

*

Stolz ist die Stadt also auf vieles, das sie zeigen kann, auch auf manche ihrer *Tiere*, die so eigenartig-selten und exotisch sind. Einige von ihnen, deren Namen niemand kennt, wohnen behaglich in dem breiten Fluss. Sie präsentieren sich freundlich und ihr Anblick ist jedem Besucher vertraut. Und gleich daneben ist dann diese große Farm mit ihren noch viel seltsameren Tieren, die dort leben dürfen. Manche leben nicht sehr lange, und sorgsam ausgewählte finden sich, auch das weiß Kitty inzwischen, feinstens aufgeteilt und artig portioniert in jedem dieser hübschen Restaurants und an den einladenden Tischen dort. *Nach* ihrem Leben. Die besten ihrer Teilchen werden dann als Mahl serviert. Auf ein sehr feines Tablett platziert sind sie dann angepriesen als ein köstlicher Genuss, jeden Tag. Solches Tun hat Kitty nie verstanden und sie bleibt dabei, das, was sie „Gaumenfreuden" nennen, zu verneinen, strikt und ohne „Wenn und Aber". Ganz gewiss auch heute.

> *„Mag auch die Spiegelung im Teich*
> *oft uns verschwimmen:*
> *Wisse das Bild."*

Die sternförmige Mauer

Am Eingang zur Stadt steht die protzig-schöne *Festung*, auch sie gehört zur eigenen Kultur der kleinen Stadt. Dicke Mauern umrunden sie, ganz frei und hoch thront sie auf einem Hügel. Schon deshalb ist sie nicht zu übersehen. Ihrem Anblick, durchaus faszinierend, konnte niemand je entkommen, auch Kitty nicht. Sie erklimmt die Anhöhe auch heute und steigt bis an den Rand der Mauer.

Wer diese dicken Mauern sehr genau betrachtet, kann durch kleine runde Luken spähen, die, rundherum korrekt verteilt, den Einblick in das Innere gewähren und blickt auf satte Wiesen, sie sind prächtig anzusehen.

Doch wer genauer hinsehen möchte erkennt nicht nur die grüne Landschaft, sondern mehr. Auch Kitty lugt soeben wieder einmal durch die runden Luken, wie immer lugt sie vorsichtig hindurch. Schwere Kanonen sind dort aufgereiht, nicht wenige sind es, über die grünen Wiesen verteilt und eingehüllt in diese dicken Mauern, die ihre Festung ganz und gar umgeben. Die schweren Kanonen sind sogar geschmückt, wunderschöne Ornamente und prächtige Wappen bilden sich auf ihnen ab, und Kitty hatte zunächst gedacht, sie hätten keine andere Funktion, als sich in ihrem Schmuck zu zeigen. Dann hat sie nachgefragt an kompetenter Stelle. Die Festung sei *ein Monument*, das sich aber nicht nur als ein bedeutendes Wahrzeichen der Stadt, sondern vor allem als einen Schutz für sie verstehe. Jede der Kanonen sei als eine Sicherheit hier zu begreifen, zur Verteidigung der Stadt, hat sie erfahren, und jede habe „für den Fall der Fälle" da zu sein, - als brauche diese Idylle einen Widerstand und habe mit „Belagerung" zu rechnen. Solch eine Antwort mutet doch verwegen an, und nein, diese Antwort konnte sie nicht überzeugen. Keinesfalls.

Kitty entwirft einen anderen Gedanken, auch heute wieder: Vielleicht war alles das schon gestern oder vor sehr langer Zeit, oder noch viel früher?

*

Und dann war sie einst hinaufgestiegen, oben auf die Mauer, einfach hoch hinauf. Das tut sie auch heute. Voller Übermut wagt sie einen Blick von oben nach tief unten. Ein glänzendes Wasser tut sich hier unten völlig überraschend auf. Vielleicht ist es der breite Fluss oder vielleicht gar schon ein Stück vom weiten Meer, denn dieses, das weiß Kitty weiß ganz genau, kann nicht mehr weit von hier entfernt sein.

Die Mauer, auf der Kitty eben steht, hatten sie einst nicht nur weiträumig gebaut, sondern sternförmig angeordnet und für sie, die nun hinunterblickt, zeigt sich deshalb auch das Wasser *wie ein großer* Stern.

Wie wundersam ist dieser Platz, das sagt Kitty zu sich selbst, und wundersam sind auch die fremden schönen Tiere, die hier zu entdecken sind. Es sind recht große Tiere und Kitty sieht sie lustig und in heiter-flotten Sprüngen aus dem Wasser springen, sie springen hoch hinaus und winden und biegen sich mit Eleganz. Staunende Augen, die verschmitzt blitzen und die wohl alle Dinge, die sie umgeben, in Windeseile wahrzunehmen vermögen, haben sie, und es sieht so aus, als wollten *auch sie* sich auf die sternförmige Mauer stellen oder setzen, nur um *auch* hinunter blicken zu können, hinein in das Wasser, das sich ja auch ihnen wie ein wundersamer Stern zeigen möge.

Jedenfalls versuchen sie es, diese schönen Tiere, meint Kitty, sie blicken doch hinunter und hinein. Sie haben doch so staunend-kluge Augen, und sie haben ein in voller Breite lachendes Gesicht.

Eine kleine hölzerne Bahn und das Meer

Kleine hölzerne Wagen mit großen hölzernen Rädern, von einer bunten und ebenfalls hölzernen Lokomotive gelenkt, versprechen ihren Gästen ein Sightseeing der außergewöhnlichen Art. Wie zierliche und sympathische

Straßenbahnen aus altmodischen Zeiten sehen diese *Trolleys* aus und jeden, der sich bereitwillig von ihnen verzaubern lässt, nehmen sie mit auf eine kurze und nette Fahrt, durch die Stadt und dort an jeden Platz und in die Umgebung hinaus und dann wieder zurück. Eine Reise „in das Wunderland" werden ihre Touren genannt, und schon das Einsteigen macht Spaß.

Lehnen Sie sich bequem zurück ruft der Fahrer mit lauter Stimme. Dabei wendet er freundlich seinen Kopf, hin zu den Gästen, die Frohsinn erwarten, und die Fahrt kann beginnen.

Die kleine hölzerne Bahn bietet auch eine Trolley-Tour zum Meer, das, wie die Leserin und der Leser nun schon wissen, nicht weit von der Stadt entfernt gelegen seinen Anfang nimmt. Die Bahn fährt ganz langsam am breiten Fluss entlang und noch langsamer neben ihm her, sie braucht seinem Lauf nur zu folgen, denn er hat sich ja das gleiche Ziel gewählt und er strömt gemächlich, hin zum endlosen Wasser, das sich bald, nur ein bisschen weiter weg, Ozean nennen darf.

So besucht Kitty nun das Meer, schon lange hat sie sich darauf gefreut, den sandig schimmernden Strand zu sehen und genüsslich an seinem Ufer entlang zu laufen.

*

Um schneller als auf hölzernen Rädern dorthin zu gelangen, hätte sie auch den einzigen Bus nehmen können, den die Stadt ihren Gästen anbietet für eine gewünschte Strecke, egal wohin. Früher einmal hatte sie die Idee, sich den Bus zu wählen für ihre Fahrt dorthin zum Meer und sie hatte das auch erprobt, doch dann hatte sie dieses Fahren schon bald wieder verworfen. Bei ihrem Plan den einzigen Bus zu benutzen für einen schnelleren Weg fand sie sich stets als einzig-alleiniger Passagier und ist es auch jedes Mal geblieben, es kam niemand hinzu. Nicht ein einziger Fahrgast leistete ihr jemals Gesellschaft, so unglaubwürdig das klingen mag.

Natürlich hat Kitty dieses Faktum inzwischen gründlich erkundet und eine Erklärung dafür gefunden: es ist so „einsam" geblieben um den einzigen Bus, weil dieser *ganz offensichtlich keine Seele hat*.

Dennoch und tatsächlich aber ist sich der einsame Bus bis heute treu geblieben. Bis heute sitzt niemand darinnen und keiner fährt mit ihm nirgendwo hin. Neben dem einzigen Fahrer, der sein Lenkrad tapfer umfasst, da saß nur Kitty, damals, und sie saß da auf einem der vielen und ach so freien Sitze als einzig-alleiniger Gast.

So hatte sie sich damals recht bald für den Trolley entschieden, verständlicherweise. Schließlich hat *er* viele begeisterte Fahrgäste, und also wählt sie auch heute die zuckersüße Bahn mit ihren hölzernen Rädern, die sie gemächlich und gut gelaunt zum Wasser bringt.

Sie steigt aus und sie läuft schnurgerade zum Strand, dort nennen sie ihn „Beach". Kitty läuft am Strand entlang, erst langsam und dann immer schneller und sie sieht nichts als die endlos beweglichen Wellen, deren Gewalt sie nicht denken, noch nicht einmal erahnen kann.

Wenn sie ihre Augen schließt, und das tut sie nun voller Glück, fühlt sie das ganze tropische Paradies, sie fühlt es in seiner Fülle. Das ist zum munter machen, aber noch mehr und viel mehr noch rührt es wohl jeden Menschen an.

Kitty ist angerührt. In einem Paradies ohne Ende laufen zu können, immer schneller und schneller, das ist wunderschön. Kitty „badet" in diesem Paradies, und das, so lange es ihre Zeit erlaubt. Am liebsten aber stundenlang.

*

Nun kann sie beseelt und beglückt die kleine Stadt wieder verlassen und das ebenfalls kleine Flugzeug bringt sie in ihren Alltag zurück, heim in das geschäftige Leben in *ihrer* großen lebendigen Stadt.

Bis zum nächsten Mal, kleine Stadt ruft Kitty beim Einsteigen. Sie winkt.

Auf ihrem Rückflug heute erinnert sie sich und sehr gegenwärtig ist ihr diese Erinnerung plötzlich vor Augen: Einst hatte sie ein Gelöbnis unterzeichnet. Es sagt, dass sie nie aufhören dürfe in ihrem Leben diesen Ort zu besuchen, sondern dies müsse sie immer wieder tun, immer und immer wieder.

Dieses gelobte Versprechen hatte seinen sehr besonderen Grund. Kitty spricht nicht darüber, das ist auch nicht nötig. Aber sie ist fest davon überzeugt, von der großen Bedeutung.

Zwei Septembertage lang

Das Wochenende beginnt. Zwei von ihrer Arbeit befreite Tage warten auf Kitty, und diese beiden Tage sind schon sehr lange in ihrem Kalender rot angestrichen und auch noch mit großen Ausrufezeichen versehen, ebenfalls in einem kräftigen Rot. Ein „Extra" sollen sie werden, diese beiden Tage, unbedingt auch für Kitty. Für eine außergewöhnliche Hochzeitsfeier sind sie verplant, *für die Hochzeit ihrer allerbesten Freunde.*

Nur im Monat *September* darf die Hochzeit stattfinden hat sich das Brautpaar gewünscht, denn dieser Monat sei doch der schönste im Jahr. In satter Reife sei er noch im Sommer gelegen und voller Licht trage nur er, der September, aber doch auch schon eine kleine Sehnsucht in sich, die Sehnsucht nach dem sanft kommenden und so viel Stille spendenden Herbst. Für jeden, der lauschen könne, sei das spürbar, genau so hat es das Paar erklärt.

Ein Großereignis soll es werden, aufregend und anregend zugleich, ein Fest mit vielen geladenen Gästen, und Kitty zählt zu den besonderen Gästen, sie wird dabei sein, und natürlich an erster Stelle.

In diesem Jahr sind die Septembertage noch wohltuend warm, schon heute am Morgen scheint die Sonne kräftig und deshalb verspricht auch alles, was mit dem nahenden Fest zusammenhängt, sehr sonnig zu werden, zwei schöne Septembertage lang.

Kitty freut sich

Für den „Tag davor", den Tag vor dem *Wedding Day*, wie sie das Heiraten in Kittys Stadt und Land nennen, ist das Treffen der Freunde vorgesehen. Die meisten von ihnen sind nicht hier zu Hause, nicht in dieser atemberaubenden Stadt. Vielmehr werden sie aus aller Herren Länder anreisen, viele von ihnen sind schon eingetroffen. Sie alle folgen der Einladung, weil sie gerne dabei sein möchten, aber auch, um alte Bekannte zu treffen und gemeinsam mit allen die Hochzeit und vielleicht auch die Stadt zu genießen.

Ein fröhliches Sich-Begegnen wird es werden, das *Hallo, wie geht es dir denn?* und das *Wann haben wir uns wohl zuletzt gesehen?* oder auch nur das *Ich wollte dich schon immer einmal kennenlernen* wird wunderbar vielstimmig klingen, nicht erst morgen, am Wedding Day, nein, auch heute schon, am „Tag davor".

Und *Kitty freut sich*. Sie freut sich darauf, einem Erlebnis beiwohnen zu können, das außergewöhnlich ist und das in seiner Wirkung lang anhalten wird, ganz sicher wird es nicht schnell zu vergessen sein, davon ist Kitty fest überzeugt.

Von mehr als einhundert Gästen, die zu erwarten seien, ist die Rede. Die meisten von ihnen haben oder hatten schon eine lange Anreise, mit dem Flugzeug, mit dem Schiff, mit der Bahn oder mit ihrem Auto, kaum einer kommt zu Fuß.

Kitty freut sich auf die vielen Sprachen der Welt, die ineinanderfließen werden, so alles-verbindend können sie sein, wenn es ihnen gelingt, Beziehungen aufzufrischen oder solche auch ganz neu zu knüpfen. Sie hat sich vorgenommen, *das Heute* in vollen Zügen zu durchleben und sie freut sich auf die mehr und auch auf die weniger bekannten Gesichter, sie wird ehemalige Freunde sehen, sie wird Kollegen und Weggefährten von früher treffen und aus der Zeit, da diese Stadt noch nicht ihr Zuhause war, endlich einmal wieder.

Ja, heute schon und dann auch morgen möchte sie Spaß haben, und sie ist in Erwartung all der netten Anekdoten, die unverzichtbar dabei sein werden.

Weißt du noch, wie wir damals ..., so beginnen sie gerne, und Kitty freut sich einfach, auf die spannenden Begegnungen und darauf, was sich alles ergeben wird, auf die Heiterkeit fröhlicher Stunden und darauf, auf welche Weise die Feierlichkeiten wohl ablaufen werden. Sie freut sich auf ernsthafte und auf die lustigen Gespräche, auf die sie in ihrem arbeitsamen Alltag so oft verzichten muss, und darauf, dass sich auch manches spontan ereignen wird, und auf

„smalltalks", die doch so wunderbar entspannen können, freut sie sich auch.

„Traum ist ein Stück vom Leben."

Das Herz seiner Bürger

Schon der „Tag davor" wird heute inmitten der Stadt, genau gesagt an ihrer Südspitze gefeiert werden, das morgige Hochzeitspaar hat dafür einen Ort gewählt, der vielfach und für vieles ausgezeichnet worden ist und der einen jeden, den der Weg auch nur in seine exklusive Richtung führt, beeindruckt und betört.

Er ist ein Ort der Superlative, nicht nur stadt-, sondern weltweit berühmt. Nahezu jedem Menschen auf dieser Erde, wenn er sich auch nur ein wenig für die Kultur und für das pulsierende Leben interessiert, ist er als *„das Zentrum der Superlative"* bekannt, und so nennt er sich auch.

Dass die Hochzeit genau hier und an dieser ausgesuchten Stelle stattfinden soll, so wie auch das Feiern am „Tag davor" mit dem Wiedersehen von Freunden und dem Kennenlernen interessanter Leute, das soll für alle, die da kommen werden, eine Überraschung sein, großartig und einmalig soll sie gelingen. Die Nachricht bringt Freude, und sie begeistert auch Kitty, für sie klingt es fast so, als käme ein Traum auf sie zu, allzu gerne nur nimmt sie ihn auf. Sie macht sich bereit für den großen Ort, der nichts als beeindrucken kann.

*

Längst kennt sie es gut, dieses „Zentrum der Superlative" und längst schon ist es für sie ein kaum fassbarer Ort, nicht zu beschreiben und dennoch vertraut. Liebenswerte Plätze bieten sich an und sind dort in schier überwältigender Fülle zu finden, gerne auch für Kitty. Manche davon sucht sie am liebsten auf. Jeden der schönsten Plätze erkennt sie schon mit geschlossenen Augen, und es ist wahrlich so, dass sie sich, wenn sie hier sein kann, selten und doch ab und zu, ganz und gar prächtig fühlt und so zufrieden,- und manchmal scheint es ihr, als biete *dies und auch das* den Menschen noch mehr: ein kleines Glück, und immer einmal auch für Kitty.

Eigentlich ist dieser riesengroße Platz, der sich in Kittys Stadt fast als *eine eigene* Stadt versteht, *ein „Center"* für die Welt des großen Handels, ursprünglich und offiziell gebaut als ein Büro-Komplex, in dem sich alles um nichts anderes drehen sollte als um weltweite Finanzen, und um das große Geld der Mächtigen und Reichen.

Das tut es auch bis heute, doch für die Menschen seiner Stadt und auch im Land ist dieses imposante Zentrum mehr, und diese andere Bedeutung reicht sehr weit. Kitty weiß das ganz genau und sie fühlt und sie denkt es auch heute, in diesem Moment:

Das „Zentrum der Superlative", inmitten der Stadt und also in ihrem Herzen gelegen, versteht sich als Herz seiner Bürger. Die Herzen der Menschen, die sich tagtäglich hier tummeln, hat dieses Zentrum dereinst schon im Sturm erobert, und es erobert sie immer noch, jeden Tag.

Ein Zentrum, weltberühmt

Ein klein wenig mehr soll über das Zentrum berichtet werden. Die Leserin und der Leser sollen wissen oder nur daran erinnert werden, dass es aus einer ganzen Reihe markanter Gebäude besteht, die fest zueinanderstehen und harmonisch ineinander verwoben sind.

Längst hat es *tausenden und abertausenden Menschen,* aus der Stadt und aus dem Umfeld kommen sie her, einen Arbeitsplatz gegeben, tagtäglich erfüllen Menschen ihre Pflicht in einem dieser Unternehmen, die hier angesiedelt sind, sie sind ja weltweit bekannt, zu Hunderten.

Tausende und abertausende Besucher kommen jeden Tag, und auch sie aus aller Herren Länder. Sie kommen auch heute, genauso wie Kitty heute gekommen ist, und sie wollen auch morgen kommen, so wie auch Kitty kommen wird, und *sie*, Kitty, kommt allerdings aus einem großartigem Anlass, morgen.

All die tagtäglichen Leute kommen gerne zum shopping hierher, oder auch nur, um die vielen *Stores*, die für den großzügigsten Einkauf werben, zu erleben, oder um unbegrenzt zahllos erscheinende Restaurants, Bars und die sympathischen Kaffeehäuser, die sich auf endlos anmutende Untergeschosse verteilen, nichts als zu bestaunen.

Keine Anstrengung scheint hier auch nur einem der Menschen zu viel zu sein.

Ja, es ist ein berühmtes Center, das „Zentrum der Superlative", weltberühmt ist es, und es rühmt sich zu Recht mit Stolz, das größte im Land zu sein, und fast auf der ganzen Welt.

Ja, alles ist unfassbar weit und die Weite breitet sich weitgedehnt aus, und das Center mutet so an als wolle es nirgends enden, und die Bürger der weltweit lebendigen Stadt zeigen es her und sie nennen die schönsten der Plätze stolz *ihre „Mall"*. Und ganz unten darin präsentieren sich nicht nur die Automobile, tausend und abertausende sorgsam abgestellt dort in schier unergründlicher Tiefe, nein, auch das riesige U-Bahnnetz zeigt sich präsent.

Es verteilt alle Fahrten und handelt sie aus, und die Menschen steigen hier *ein oder aus* und sie steigen *tausendfach um* in eine der eilenden Linien, die sich, die Leserin und der Leser wissen es schon, in Kittys Stadt *Subway* nennen.

Es sind sehr verschiedene Bahnen, die fahren, und die Menschen steigen ein oder aus oder um, sie fahren hinein in die Stadt oder hinaus, hinaus in das Land und hinein, und in das Nachbarland fahren sie auch. Andere Leute, die langsam gehen und dabei sehen und staunen, sie wählen eine der alles umgebenden Brücken, und sie gehen hinaus in die Gärten und Parks, die das Zentrum lustvoll umgeben.

*

Das alles ist viel, aber da gibt es noch mehr. Eine Besonderheit zeichnet das Zentrum aus, eigenwillig und schön. Es ist ohne sie nicht zu denken. *Zwei Türme* ragen in die Luft, wie Zwillingstürme stehen sie nebeneinander und jeder der beiden trägt das gleiche Gesicht. Jeder der beiden Türme mit seinen hundert und hundert Etagen schmückt in gigantischer Höhe die Stadt, ein jeder misst hundert und hundert von stolzen Metern und mehr.

Die Türme allein sind es, die alle Gebäude und seine gewaltigen in sich verwobenen Teile tragen, sicher und zuverlässig. Sie geben dem Zentrum der Superlative sein Kleid.

Von oben nach unten und von unten nach oben gleiten hunderte von Fahrstühlen, die sie in Kittys Stadt ja „Elevator" nennen, auch sie sicher und zuverlässig für jeden der Menschen, der sich auf sie verlassen darf. Und es sind wieder hunderte von Menschen, die sie von unten nach oben bringen und auch zurück. Unaufhörlich gleiten sie sanft auf und nieder, das Oben ziert eine riesige *Plattform* und sie gleiten auch dort, rundherum.

Hier stehen die Leute, stets dicht gedrängt, und sie stehen ganz still. Sie schauen, und sie lernen zu spüren, was Ehrfurcht ist und sie verstummen vor dem Blick über die Stadt, die mit all ihren Häusern und Schluchten erbeben lässt.

Auch Kitty hat hier doch so oft schon gestanden. Alles überragen die Türme, Kitty meint, sie könnten die ganze Welt überragen, mühelos.

Twin Towers nennen die einheimischen Menschen sie und sie nennen sie so in zärtlicher Liebe.

> *„Es geht eine große und ewige Schönheit*
> *durch die ganze Welt ... "*

Gedanken am „Tag davor"

Kitty kommt heute sehr frühzeitig her, lange bevor die Feier beginnt, am „Tag davor". Sie will ihre Zeit nutzen und die Chance, sich am prächtigsten Ort wieder einmal zu tummeln.

Kitty ist glücklich an diesem sonnendurchfluteten Tag, und sie denkt *ihre* Gedanken. Die erste Reise erinnert sie, ihre

allererste Reise in diese lebendige Stadt, die *ihre* Stadt
geworden ist, ganz plötzlich erinnert sie sich. Das ist viele
Jahre her, aber heute, am „Tag davor" empfindet sie diese
Gedanken so nah, als seien die Eindrücke von damals erst
gestern entstanden:

Das Flugzeug bewegt sich hoch über dem Meer und erreicht
die Stadt. Es setzt zur Landung an.

Das war damals. Da war dieser breite Fluss und der Blick
über die Stadt und über die nicht zu zählenden Häuser, die
manche Leute respektlos „Wolkenkratzer" nennen.

Kitty blickt nach unten und sie erkennt die Türme, die sie in
dieser Stadt, das weiß sie doch jetzt, so liebevoll *Twin Towers*
nennen, es sind ja *zwei* Türme und beide tragen das gleiche
Gesicht. Zu übersehen waren sie nicht, auch schon damals
nicht, auf ihrer ersten Reise hierher. Wohin sie auch schaute
und wie immer sie ihren Kopf wenden mochte, damals, da
war nichts anderes als diese Türme vor ihren Augen, und
immer nur diese Türme.

Bis heute ist das so geblieben, denkt Kitty eben. Niemand
kann einen Blick auf die Stadt werfen, ohne sie, diese Twin
Towers betrachten zu dürfen. Sie sind die Mitte eines
pulsierenden Lebens.

*

Nach ihrer Landung war sie dann von Freunden empfangen
worden, damals, sie sollte die Stadt erleben, deren Charme
sollte sie kennenlernen bei ihrem ersten Besuch, jetzt und
gleich. Die Freunde führten sie fort, und zuerst an ein Ufer
des breiten Flusses.

Wir zeigen dir hier den ganzen Stolz unserer Stadt, und sie deuteten über den Fluss. Am anderen Ufer des Wassers leuchteten ihr zwei Türme entgegen.

Kitty hat sich auf eine Bank gesetzt in einem der Gärten des Zentrums, heute und eben. Auch deshalb ist sie so zeitig gekommen, heute, am „Tag davor". Um auf dieser einen Bank zu sitzen, ist sie gekommen, das tut sie gern, sie wählt sich doch stets die gleiche, denn diese steht direkt vor den Türmen. Das ist doch bewegend, und Kitty *ist* bewegt.

Wenn sie nach oben schaut, hoch erhobenem Hauptes, beginnt sich die Welt ein wenig zu drehen. Sie tut es trotzdem, sie hebt ihren Kopf, sehr weit nach oben muss sie ihn heben, den endlosen Türmen entgegen.

Was ist das doch schön, wenn die Welt sich ein bisschen dreht, meint Kitty und sie denkt wieder den einen Gedanken, sie denkt ihn heute, am „Tag davor":

Das „Zentrum der Superlative", inmitten der Stadt und also in ihrem Herzen gelegen, versteht sich als Herz seiner Bürger. Die Herzen der Menschen, die sich tagtäglich hier tummeln, hat dieses Zentrum dereinst schon im Sturm erobert, und es erobert sie immer noch, jeden Tag.

Kitty hat sich für heute flott und beschwingt gekleidet, morgen wird sie dann ein sehr festliches Outfit tragen. Es wird eine fröhliche Feier, heute, - und morgen ganz sicher ein rauschendes Fest.

Der zweite Tag

Es war eine fröhliche Feier, heute, am „Tag davor", ganz so wie geplant. Die großen Hotels, auch sie angesiedelt am Zentrum mit seinen Türmen, nehmen die Gäste auf bis zum nächsten Tag, der dann kommen wird. Der ist dann der *Wedding Day* und die Gäste sind heiter gestimmt, sie sind in froher Erwartung.

Nur Kitty geht heim am Abend, sie geht in ihr Haus, sie braucht kein Hotel. Sie wird wiederkommen, zu Fuß wird sie gehen, gleich morgen früh.

Der zweite Tag bricht nun an, er ist sonnendurchstrahlt, dieser Hochzeitstag ihrer allerbesten Freunde, und die Hochzeit im „Zentrum der Superlative" ist auf den Morgen gelegt. „*Ein schöner Tag*" soll gesungen werden, so ist es bestimmt, und vielleicht intonisiert der Chor auch „*Amazing Grace*", seine Melodie klingt genau gleich. Und so schön.

Die Hochzeit hat niemals stattgefunden. Das Zentrum der Superlative ist weggeweht, es war einfach weggeweht worden, von einer Geisterhand wohl. Am Morgen.

Kitty erschrickt auf dem Weg dahin: Das Zentrum der Superlative gibt es seit eben nicht mehr. Es hat sich erledigt.

Und tiefer erschrickt sie: *Ein* Lied hätte doch niemand heute gesungen, dieses „*Time to say goodbye*". Dieser Song war nicht bestellt, das weiß Kitty ganz genau.

Die zweifarbigen Schuhe

Das ist das wundersame Spiel der Kräfte,
daß sie so dienend durch die Dinge gehn:

in Wurzeln wachsend,
schwindend in die Schäfte
und in den Wipfeln wie ein Auferstehn.

Rainer Maria Rilke

Sitzlandschaften

Sie hatte an einem Wettbewerb teilgenommen, schon gleich nach ihrem Examen. In der Ausschreibung, die ihr in einer Fachzeitschrift ins Auge gefallen war, ist damals nur die Frage zu beantworten gewesen, welcher der drei dort gezeigten Entwürfe denn der Schönste werden könne. Die Bilder im werbewirksam beschriebenen Text zeigten drei unterschiedliche Räumlichkeiten, einzurichten seien sie passend zum zeitgemäßen Leben, mit modernem Mobiliar aus edlem Holz, aus weichem Leder oder feinen Polstern seien sie „gehoben auszustatten", zum „schönen Wohnen", das noch schöner werden soll.

Kleine und größere Schränke und Truhen, glänzende Sideboards und mehr oder weniger praktische Tische sind hübsch abgebildet, artig stellen sie sich vor, alle sehen

vornehm aus, und alle sind um so genannte
„Sitzlandschaften" angenehm drappiert:

„*Traumhafte Sitzlandschaften*" preisen sich als „traumhafte
Wohnlandschaften" an, „Sit & more" steht hier einladend
beschrieben, jedes der gezeigten Elemente ist angepriesen als
„kreativ und flexibel" und „in allerbester Qualität". In einer
solchen Landschaft sei Platz für viele Personen im
Wohnraum, heißt es weiter im Text, auch für einen
Filmeabend mit Freunden oder für einen Spielenachmittag,
und auf jeden Fall sei doch „der Kunde König". Wer sich nun
bewerben wolle, müsse lediglich drei Räume aufmerksam
betrachten, sich für einen von ihnen entscheiden und ihn
geschickt, gekonnt und ideenreich bestücken. Bewerber
müssten ihre Auswahl dann begründen, dies aber gut und
fachgerecht.

Die junge Innenarchitektin, vor kurzem erst *zum Master
diplomiert*, liebt für sich selbst weder Sitzlandschaften noch
Spielenachmittage. Aber sie kennt ihr so frisches fachliches
Know-how, von sich und ihrem Können ist sie durchaus
überzeugt. Schließlich darf sie sich nun „Architektin" nennen
und schließlich kommt diese Ermunterung zum Wettbewerb
von einer äußerst seriösen Firma, die nahezu weltweit bekannt
ist und sehr renommiert, ja, *distinguished* ist sie gar zu nennen,
ohne jeden Zweifel.

Das sagt sich Marion, „die kühle Blonde", wie die Freunde sie
so liebevoll benennen, und fühlt sich berufen. Eine
Innenarchitektin gestaltet schließlich Innenräume, deshalb
heißt sie ja so. Kreative Raumkonzepte, die gefallen werden,
sind von ihr gefragt, ein Nutzer soll sich in seinen Räumen
rundum wohlfühlen.

Und Marion hat viele Ideen. Handwerkliche Beschäftigung
und die ästhetische Auseinandersetzung mit Plan und Raum
sind ihr genauso wichtig wie das Design der Möbel. Alle
Farben und Formen müssen passen, bis hin zum Licht-

Design, denn ein Konzept ist immer Licht und Schatten. Jedes ausgewählte Detail prägt dann den Raum, es charakterisiert förmlich sein Innenleben.

Es ist ja kein Zufall, dass es nur Frauen sind, die sich für diesen mutigen Beruf entscheiden, sagt sich Marion oft, ist er doch eine Mischung aus Architektur und Technik, aus Design und Kunst und schmückt sich mit Anmut und Schönheit und Charme.

Also ergreift sie ihre Chance. Marion, „die kühle Blonde", sieht gute Gründe sich hier zu bewerben. Diese Ausschreibung bietet sich an, vielleicht können ja auch Sitzlandschaften etwas eröffnen, vielleicht sogar den Start in einen mehr als interessanten Job.

Der Sprung ist zu wagen. Marion, „die kühle Blonde", - sie selbst fühlt sich zwar weder kühl noch blond, - sieht nichts als gute Gründe jenem Wettbewerb zu folgen, hier und jetzt.

Und sie hat sich beworben.

„Wer weiß, wer ich bin?
Ich wandle und wandle mich."

Mit leichter Hand

Die Ausschreibung hat ihr Glück gebracht und bringt sie schneller als gedacht auf einen Weg, der nur der ihre ist. Sie hat das Sprungbrett gut gelaunt betreten und ihr Sprung war erfolgreich. Marion hat den Wettbewerb gewonnen, „mit leichter Hand" und ohne große Mühe hat sie die anderen besiegt, und eigentlich und ehrlich zu sich selbst hatte sie nichts anderes erwartet. Marion ist intelligent und weiß es auch. Sie kennt ihre Begabung für das Feld, das sie so gern gewählt hat, schon in der Schule und sehr früh hatte sie sich in voller Überzeugung nur für dieses Studium entschieden, für dieses Fachgebiet und für kein anderes.

Nun geht es ihr wie einem Senkrechtstarter, „frisch gebacken", wie sie es ja ist, erklimmt sie die Karriereleiter, eilt beschwingt und steil nach oben, hinein in einen grenzenlosen Job, der ihr ein Rundum-Wohlgefühl vermittelt, denn er bringt Sicherheit und Anerkennung und trägt sie immer weiter.

In diesem Job muss man nur gut planen können, so denkt sie immer wieder vor sich hin, *entwickeln, planen, bilden*. Und das kann sie gut. Schöne große Räume entwirft sie, einen nach dem anderen, und jeden davon „mit leichter Hand".

Keineswegs ist sie nur „Künstlerin", wie man es fast erwarten könnte, sondern viel umfassend mehr. Schöne Räume entzücken sie und jeder einzelne davon ist *dann* für sie ein handgemaltes Bild, wenn sie ihr Werk darin vollendet hat. Gradlinig ist sie und so arbeitet sie auch und schafft Konturen und kraftvoll-farbenfrohe Linien, immer schnurgeradeaus, bis sie mit sich zufrieden ist. Eigentlich müsste sie auch kraftvoll rechnen können, doch mathematische Kompetenz zieht Marion nicht an, das überlässt sie anderen, *sie hat die Ideen,* die sie zeichnet, es sind kraftvoll-farbenfrohe Striche und sie zeichnet sie gekonnt, mit leichter Hand.

*

Die Fachwelt belohnt ihre Kompetenzen und vertraut ihr neue an. In Kürze schon hat Marion es weit gebracht, sie führt schon bald ihr eigenes Atelier, sie hat es konzipiert, so dass es ihrer Vorstellung entspricht, und nur der ihren.

Hoch motiviert macht sie sich selbst bekannt und auch ihr Ansehen wächst wie von selbst. Jede der Aktivitäten in der Szene architektonischer Künste ist ein „Special" - und eine Herausforderung für sie, die sie betört und glücklich macht, und die sie bald tagtäglich braucht.

Sie ist der Boss inmitten guter Helfer und nichts hat sie sich doch jemals mehr gewünscht als das.

Man muss eben gut planen können, und sie kann das gut. *Entwickeln, planen, bilden* hat sie zu einem Leitspruch gemacht. Jeden Morgen sagt sie ihn viele Male leise vor sich hin, *entwickeln, planen, bilden*, und bald ist er ganz unerlässlich für ihr Leben.

Marion, die kühle Blonde, sie hält sich daran fest und sie stellt hohe Ansprüche an ihr Tun, und noch höhere Ansprüche an sich selbst.

Praxisnahes Lernen

Sie arbeitet, und sie arbeitet erfolgreich, nach einer kleinen Zeit des kreativen Schaffens ist sie nicht mehr unbekannt mit ihrem Tun, das Gegenteil ist der Fall. Marion hat sich einen Namen gemacht und schon klingt dieser weit über ihr Atelier hinaus.

Als neues Ziel vor Augen strebt sie nun nach Aufgaben, die sie weiter führen sollen, sie will sich für die hochgestellten Dinge qualifizieren, herausragend möchte sie sein, und das nicht nur im Urteil ihrer fachlich motivierten Welt. Ehrgeizig ist sie in den Dingen, die ihr wichtig sind, das liegt doch in der Natur der Sache, sagt sie sich.

„Jeder Mensch hat etwas, das ihn antreibt. Wir machen den Weg frei", diese Redewendung fällt ihr dazu ein. Wo immer sie den Spruch erstmalig wohl gehört haben mag, just im richtigen Moment kommt er ihr manchmal in den Sinn, zielsicher macht er sie, und rasch geht Marion noch ein wenig schneller.

Man spricht und man schreibt über sie, Marion sonnt sich darin, verdientermaßen, und in Windeseile hat sie ein hochgestecktes Ziel erreicht: nun ist sie *in der Forschung* angelangt, und hat sich also für das „Hochgestellte" fit gemacht. Die *großen* Aufgaben werden ihr nun angetragen, und ab sofort verantwortet sie sehr viel und mehr. *Das ist es*, was sie wollte, jenseits aller banaler Tätigkeiten und von einer simplen Arbeit, die etwa durchschnittlich zu nennen wäre, ja, auch nur so anmuten könnte, - davon ist Marion meilenweit entfernt.

Endlich ist es nun soweit: *Studentinnen und Studenten* dürfen kommen, alle sind sie interessiert und wissbegierig, sie sucht sie aus und holt sie her. Sie holt sie zu sich her als *ihre* Schüler, sie holt sie mitten in ihr Atelier hinein. Mit einer Leichtigkeit, die ernsthaft ist, nimmt sie sich ihrer an und lässt sie als Lernende teilhaben an ihrem so spannenden Tagewerk.

Es sind unsere Aufgaben des Miteinanders, die wir gemeinsam erfüllen wollen, und das mit Freude, erklärt sie ihren Schülern und *ich brauche euch und ihr braucht mich*, erklärt sie weiter, und die Schüler hören es, denn sie erzählt es ja doch immerzu. Eine Gegenseitigkeit, die ganz besonders ist, entsteht. Diese orientiert sich nicht an Büchern, sie richtet sich am Handeln aus. Nur was sich in der Praxis tatkräftig ereignet führt zum Erkennen, die Lehrerin nennt es *„praxisnahes Lernen"*.

Die Nähe zu „ihren" Studierenden, fast denkt sie ja es seien „ihre Kinder", bedeutet ihr viel, es wird ein sehr gegenseitiges

Lehren und Lernen, und die Leserin und der Leser sollen an dieser Stelle erfahren, wie wichtig ihr diese Symbiose ist, die sie sich geschaffen hat: Die Studenten sitzen im Kreis oder stehen um sie herum, so als wollten sie Marion umschliessen. Nie ist sie allein im Raum, alle ihre Entwürfe entstehen unter den Augen der jungen Menschen, manche von ihnen sind jünger als sie und nicht wenige durchaus auch älter, aber alle sind voller Ehrfurcht und, ja, voller Bewunderung sind sie auch.

Nicht ich bilde euch aus, Marion spricht das in deutlicher Sprache, *sondern es ist die Arbeit, die lehrt, hier und in jeder Minute.*

Sie, die Arbeit, steht vor jedem Denken, vor dem, was die Welt, manchmal allzu leichtfertig, theoretisches Wissen nennt, so erläutert sie weiter, und sie sagt das mit kräftiger Stimme, viele Male wiederholt sie den Sinn.

Eine Theorie ist der Lohn, sie fügt sich an und erwächst allein aus dem schaffenden Tun, ganz wie von selbst. Wir müssen nur lauschen und handeln und erkennen und folgen. Sie erwähnt das Zusammenwirken, und dann gibt sie ihr Statement ab:

Wir wollen es faszinierend nennen oder auch „unsere Chance", oder wir nennen es einfach unser so „praxisnahes Lernen".

Dieses Statement lässt viel erkennen, für die Schüler legt es Bedeutendes offen. Sie dürfen teilhaben an einer Anschaulichkeit, die sehr persönlich ist und die nichts als begeistern wird. Das, und nur das, ist eben ein Lernen, und Marion bietet es mit voller Inbrunst an.

In der schmucken Stadt

Aber da ist bald noch mehr. Eine Lehrtätigkeit, außergewöhnlich und individuell gestaltet, blickt auch auf anspruchsvoll breite Wege und kann sie ebnen, und mehr als erhofft auch für Marion, einfach, jedoch keinesfalls schlicht, über ihre festgefügten Wände hinaus.

Plötzlich hat Marion *die schmucke Stadt* erreicht. Vor langer Zeit hat diese sich berühmt gemacht, über Jahrtausende hinweg ist sie es bis heute geblieben. Mit ihrer bewegten und bewegenden Geschichte und ihren kulturhistorisch unübertrefflichen Spuren, mit ihren leuchtend markanten Gebäuden ist sie ein Kleinod und nicht nur das: diese Stadt ist ein außergewöhnlicher Anziehungspunkt, denn sie zählt zu den schönsten Städten unserer Erde.

Für manch einen Menschen aber aus den Kreisen derer, die sich für eine „Elite" halten, weckt sie vor allem auch sehr „geistige" Begehrlichkeiten, denn für viele Menschen ist sie vor allem bekannt als *die* „Stadt der Wissenschaften". Wem es gelingt sie wegen ihres namhaften Rufes, den nur diese fantastische Stadt so wie keine andere geniesst, aufzusuchen, und wer sie dann auch tatsächlich betritt, hat nur einen einzigen Wunsch: dieser Mensch, meist sind es männliche Wesen und selten nur mischt sich auch eine Frau darunter, möchte der Wissenschaft dienen und sich natürlich an ihr bereichern, und das in mehrfachem Sinne. Es muss zuerst viel geleistet sein, um etwa gar dauerhaft bleiben zu dürfen, ein „extraordinäres Denken" muss sich nachweislich abbilden lassen, ein außerordentliches Schaffen eben, das *alles* umfasst, damit das so wagemutig Gewünschte sich in der Wirklichkeit erfüllt, möglicherweise.

Auf welchem Weg nun Marion dorthin, in diese schmucke Stadt, gelangen konnte, eben gerade und plötzlich oder damals schon, hat sie vergessen oder erinnert es jedenfalls momentan nicht.

Vielleicht hat sie, in ihrem Mini Cooper Car sitzend, weitschweifend suchend die Gegend erkundet, um einem tiefinneren Ruf zu folgen. Vielleicht hat sie auch einfach dem *Navigator* vertraut, dass er sie zielsicher führen möge.

Biege nach zweitausend Meilen rechts ab, hat er vielleicht geraten,

dann biege nach weiteren eintausend Meilen links ab, „turn left", so könnte die nächste Anweisung gelautet haben,

und dann fahre weiter, nur noch geradeaus... Du hast jetzt dein Ziel erreicht.

Vielleicht war alles aber auch ganz anders, vermutlich sogar, ja, auch *so* könnte es gewesen sein:

Sie wurde dringend gebeten zu kommen und als sie noch zögerte, hat man sie einfach geholt, hinein in den Kreis der wissenschaftlich Aktiven und der wenigen fachkompetent Lehrenden auf dem ihr so sehr vertrauten besonderen Feld. Man hat sie nicht mehr gehen lassen.

Und die Leserin und der Leser können es sicher schon ahnen: selbst hier, in der so schmucken Stadt und an erlesener Stelle ist *sie* nun der Boss. Das hat sie gewollt und auch *das* hat sie geschafft.

Durch die breite Pforte

Marion, die kühle Blonde, steht vor dem großen geschnitzten Portal. Es ziert das markanteste aller Gebäude in der ehrwürdigen Stadt. Das Tor wiegt schwer, sie kann es trotz aller Bemühungen mit ihren eigenen Händen nicht öffnen. In der Mitte der beiden Türflügel zeigt sich an einem großen beweglich hängenden runden und schweren Ring ein Löwenkopf, er ist aus glanzvoller Bronze und es scheint so, als solle dieser Löwenring den Eingang bewachen, und es scheint so, als führe das Tor in ein Heiligtum.

Das Tor wiegt leider allzu schwer, aber der freundliche Pförtner bietet freundlichste Hilfe an und öffnet es für sie, nur für Marion öffnet er dieses Tor.

Eine breite Pforte tut sich auf, und sogleich kann Marion in das Innere sehen, hohe Räume, fast schwindelerregend, strahlen in einem leuchtenden Gold, die hochragenden Wände und Decken sind stuckverziert und mit Gemälden und prächtigen Bildern, mit Skulpturen und skriptengleichen Schriften reichlich übersät. Es ist ein schier überwältigender Anblick.

Und nun kann sie es deutlich erkennen. Die breite Pforte öffnet sich nicht nur, sondern führt sie unerwartet weiter, direkt in die *Alma Mater* hinein. Marion geht ein paar Schritte weiter, sehr vorsichtig geht sie, und sie staunt.

Eigentlich war doch alles ganz einfach. Sie musste nur durch die breite Pforte gehen, es ist wie ein Traum, und schon gelangt sie in diesen großen Hörsaal hinein, in ihre wohl künftige Wirkungsstätte, die ja so weltweit besonders ist, großartig mit ihrer Seele geistreichen Altertums.

Wer diesen Ort anstrebt und ihn tatsächlich erreicht, ist sich sicher im Herzen: alle seine Erwartungen sind augenblicklich erfüllt.

Marion ist voller Stolz. Hier wird sie schalten und walten dürfen und die Studenten werden hier sitzen, in den hölzernen Bänken, die geschwungen sind. Die behäbigkräftigen Tische mit ihren üppigen Schnitzereien spenden Platz für Viele, und sie wünscht sich schon jetzt, dass niemals auch nur ein einziger Stuhl unbesetzt bliebe, nein, Marion liebt stets *die ganze* Fülle.

Sie schaut sich um, nach rechts und nach links, nach oben und unten und dann schon wieder nach oben. Sie wagt kaum zu atmen. *Ob ein Mensch hier überhaupt reden darf?*

Just in diesem Moment erinnert sie eine biblische Schrift, die sich *die gute Botschaft* nennt. *Es gibt nur zwei Pforten und zwei Wege*, heißt es darin. *Einen Mittelweg gibt es nicht*, heißt es dort weiter, und:

Man soll durch die breite Pforte auf einen Weg gehen, der dieselben Kennzeichen trägt wie die Pforte, er ist breit und bietet Platz für eigene Gedanken und das eigene Ich. Einen Mittelweg gibt es nicht.

Diese Sätze sind denkenswert und wer sie denkt, den spornen sie an. Mit voller Freude nutzt Marion ihre Chance und bringt sich ein. Sie ist glücklich, nichts als das. Einen Mittelweg gibt es nicht.

Der Hörsaal, den sie eben betritt, so wie an jedem Wochentag am zeitigen Morgen, ist auch heute prall gefüllt, so wie sie es liebt und so wie an jedem Tag. Die Schüler kommen, nicht jeder findet noch einen Stuhl, und manche von ihnen stehen einfach im Raum, dichtgedrängt, das ist auch heute so.

Komm, du findest noch einen Platz hier auf meinem Schreibtisch, ruft die Dozentin heiter und *schaut doch, die altgedienten Heizkörper sind auch noch frei zum bequemen Sitzen darauf*, bietet sie fröhlich an und lacht dabei. Marion bringt sich ein, voll und ganz, auch heute. Ist das nicht alles wunderbar?

Schliesslich wurde sie dringend gebeten zu kommen, damals, und als sie noch zögerte, hat man sie einfach geholt, hinein in den Kreis der wissenschaftlich Aktiven und der wenigen fachkompetent Lehrenden auf dem ihr so sehr vertrauten besonderen Feld. Man hat sie nicht mehr gehen lassen.

Eine breite Pforte hat sich geöffnet, nur für sie.

Und schließlich, die Leserin und der Leser wissen es schon, auch hier in der schmucken Stadt und an erlesener Stelle ist nun *sie* der Boss.

Auch *das* hat sie geschafft.

„Ich lerne sehen, ja, ich fange an.
Es geht noch schlecht,
aber ich will meine Zeit ausnutzen"

Die nette Eisenbahn und eine Schultasche

Die Suche nach dem Domizil, das passend sei und ihrem Wunsch entsprechen könnte, hatte eine Zeitlang gedauert. In dem kleinen Dorf hat sie ein Häuschen gefunden, das ihr gefällt, zusammen mit dem kleinen Dorf wird es zu ihrem ganz privaten Ort. Es ist nur eine kurze Stunde weit entfernt von ihrer Alma Mater und eine andere noch kürzere Stunde weit entfernt von ihrem Atelier, das sie ja, um des Praxislernens willen, keinesfalls missen will, die Leserin und der Leser werden, da sie ja nun die Zusammenhänge kennen, dieser Überlegung gerne folgen.

Den Weg von ihrem dörflichen Zuhause hin zu ihren
Wirkungsstätten, die sie als ihr Leben begreift, hat Marion an
Bedingungen geknüpft, nur für sich selbst: Marion fährt mit
der Bahn, und nur mit dieser, dorthin wo ihre Arbeit sie
erwartet, dahin, wo sie entwickelt, plant und bildet, wo sie
denkt und lehrt und forscht und also dorthin, wo auf jeden
Fall die Schüler ihrer harren, voller Lust und voller Eifer und
Respekt.

Sie hat sich für die *Eisenbahn* entschieden, sie nutzt sie gern
für ihren Weg, ein anderes Verkehrs- und
Fortbewegungsmittel wählt sie nicht. Die nette Bahn hat viele
Wagen, sie nennen sich *Waggons*. Marion geniesst jeden guten
Morgen, wenn sie am Bahnsteig stehen kann und ihre nette
Eisenbahn erwarten darf. Immer steht sie nah am Rand, und
stets trägt sie die braune Ledertasche, ohne diese würde sie
nicht reisen, die Tasche ist ihr Zubehör und noch viel mehr,
sie kann sich ganz auf sie verlassen.

Heute wird es ein sonniger Tag, stellt Marion mit Freude fest,
und wie an jedem Morgen trägt sie ihre Tasche, sie hält sie
fest in ihrer rechten Hand. Es ist eine kunstvoll aus feinem
Leder gestaltete Tasche, hellbraun und weich und schön, der
goldene Verschluss verschliesst und öffnet sich, je nach
Bedarf, mit einem kleinen Schnapp-Geräusch, das lustig ist.
Derartige Taschen haben festgelegte Namen, als eine
Aktentasche, eine Dokumententasche oder sogar eine
Businesstasche werden sie zumeist und sehr modern
bezeichnet.

Ihrer Tasche würden diese Namen nicht gerecht, hat Marion
längst entschieden, nein, diese Tasche ist *ihre Schultasche* für
sie. Eines Tages hat sie ihr den Namen liebevoll gegeben und
wenn sie ihn denkt, fühlt sie sich wie ein erwartungsfrohes
Kind, das schulwärts läuft. Sie hat den Namen beibehalten
und er wird bei ihr bleiben, liebevoll und schlicht, auch wenn
die Tasche sie in keine Schule führt, sondern hin zu ihren
„hohen Stätten", der Name wird bleiben, solange sie sich, so

wie heute, auf die Wege macht, zusammen mit ihr, der hellbraunen Tasche.

Ihre Schultasche hat einen Schulterriemen, er ist zum Umhängen gedacht, doch Marion benutzt ihn nicht. Der Tragegurt ist überflüssig, denn auch heute *trägt sie* die Tasche, sie fasst sie am ledernen Griff, und, während sie nun am Bahnsteig steht, hält sie die Tasche, so wie an jedem Morgen, sie hält sie fest in ihrer rechten Hand.

Oder ist es ein bisschen anders, denkt es sich manchmal in ihr, und auch heute denkt es sich blitzartig so, vielleicht ist es tatsächlich ein bisschen anders und so, *dass sie*, Marion, sich *an ihr* hält?

Vielleicht geben auch Taschen einen Halt, wenn sie, so wie die ihre, schlicht eine Schultasche sind?

*

Wenn der Zug einfährt ist das ein schönes Gefühl, soeben tut er das, die nette Eisenbahn fährt munter in den Bahnhof hinein. Wie an jedem Tag und ganz genau gezählt sind es auch heute acht Waggons, die sanft und ruhig und auf großen Rädern in den Bahnhof gleiten, auch heute sieht es aus als schwebten sie ein wenig, und niemals sind es mehr und niemals sind es weniger als acht Waggons.

Jetzt hält die nette Eisenbahn und Marion geht langsam auf sie zu. Jeder Wagen ist an seiner Außenseite bunt bemalt und es sind acht Waggons, niemals mehr und niemals sind es weniger. Marion bewundert diese buntbemalten Bilder, jeder der Wagen zeigt seine eigene moderne Kunst, und wer wie Marion ein kreatives Schaffen kennt, weiß um den Wert von Kunst, die sich gar „zeitgenössisch" nennen darf. Dieser Zug ist eigenwillig und nichts als liebenswert, er ist viel mehr als

eine nette Eisenbahn, ja, eine gelungene Kreation ist er, die
sich bewegen darf auf stolzen Rädern, für ihre Kunden.

Nun steigt sie ein. Auch im Inneren hat jeder Wagen sein
Design und zeigt es her. Der Wagen, in dem Marion soeben
Platz genommen hat, ist, so wie alle anderen auch, mit
kornblumenblauen Sitzen ausgestattet, es sind immer zwei
Sitze nebeneinander in der Reihe, jeweils links und rechts
vom schmalen Gang und genau gegenüber, und dann wieder
zwei Sitze in der nächsten Reihe, alle vor- oder hintereinander
sind sie gefällig anzuschauen. Diese Sitzplätze sind so bequem
wie anmutig-zierliche Sessel, und Marion weiß sie zu schätzen,
sie sitzt dort schließlich nicht nur heute.

Was ist sie doch für ein sympathischer Zug, diese Eisenbahn,
empfindet sie, und sie ist dankbar für den kleinen aber so
feinen Komfort. Hier kann sie arbeiten, nachdenken, sich
konzentrieren oder auch nicht, einfach nur die Beine baumeln
lassen, und ihre Gedanken auch.

*

Die nette Eisenbahn bringt Marion an ihr Ziel, sicher und
zuverlässig und nach erstaunlich vielen kleinen Stopps. Vor
jedem nächsten Halt, jeder ist nur wenige kurze Meilen vom
vorherigen kleinen Halte-Bahnhof entfernt, gibt die
freundliche Ansage des ebenso freundlichen Schaffners einen
Tipp, der ernst zu nehmen sei und dringend zu verkünden.

*Bitte beachten Sie beim Aussteigen den Höhenunterschied an der
Bordsteinkante,*
so spricht der freundliche Schaffner, und er spricht diesen
Satz eindringlich und in drei Sprachen, hintereinander, es sind
sogar Weltsprachen, in denen er fürsorglich spricht. Vor
jedem nächsten Halt ist eine weitere Ansage keinesfalls zu
überhören: der freundliche Schaffner nennt die hübschen

Namen *der kleinen Flecken*, die lieblich zu erblicken sind für den, der aus dem Fenster schaut. Ein wenig sonderlich klingen die Namen, so, als seien sie eigentlich mit nichts in eine Verbindung zu bringen, jedenfalls nicht mit einem Dorf oder gar mit einer Stadt.

Ja, sie fühlt sich gut betreut, und da sie reichlich Zeit hat zum Erinnern, kommt ihr auch heute dieser Spruch in ihren Sinn, ein kleiner Satz nur, aber wunderschön. Irgendwo hatte sie ihn gelesen, draußen in der Natur, irgendwo und irgendwann:

Wie weit ist es noch nach Jerusalem?
Siebenhundert Stunden, aber auf dem Fußweg über Mauchen
ist es eine Viertelstunde näher ....

Die nette Bahn bringt Marion an ihr Ziel, für die Bahn ist es die Endstation. Für Marion war es auch heute wieder eine angenehme Fahrt, nur eine kurze Stunde weit entfernt zum einen Ort und sie wäre ja auch nur eine andere noch kürzere Stunde weit entfernt zum anderen.

Sie steigt aus und geht über den großen Platz, an dem Denkmal vorbei kommt sie mit wenigen Schritten direkt zu ihrer Wirkungsstätte. Sie steigt die hölzernen Stufen hinauf und erwartungsvoll geht sie hinein in den großen Saal, die alten Stufen knarren ein wenig, auch darauf hat sie gewartet.

Alles ist gut. Und wieder einmal ist sie froh, dass sie sich für die Eisenbahn entschieden hatte, die sie doch bitte stets zu ihren Zielen bringen möge. Sie ist angekommen, und sie hält ihre Schultasche fest in der rechten Hand. Beim Hinaufsteigen und Hineingehen ist ihr ein Gedanke gekommen, ein bisschen spassig denkt er sich:

Vielleicht hat sie für jede ihrer Fahrten die Bahn auch nur gewählt, um eine Schultasche tragen zu können, die allein die ihre ist? Jetzt muss sie ein klein wenig schmunzeln, gerade eben. Sie schmunzelt einfach vor sich hin.

*„Ich lebe mein Leben
in wachsenden Ringen ... "*

Nach getaner Arbeit

Vorlesungen und Meetings, Seminare, Unterricht und
Handreichungen, ein Tag voller wissenschaftlicher Aktivitäten
geht seinem Ende zu. Marion ist angenehm erschöpft, mit
einem großen gewagten Schritt steigt sie entschlossen von
ihrem Podest herunter und hinab zu ihrem Pult. Mit
schnellem Griff nimmt sie die Tasche auf, sie hält sie fest in
ihrer rechten Hand, nickt einen Gruß und geht hinaus. Nun
ist es Zeit und nun fährt sie zurück. Die Arbeit ist getan, die
Dinge sind für diesen Tag erledigt, und Marion hat nur den
einen Wunsch, sich zu entspannen, ganz bei sich zu sein, und
nur und ganz bei sich selbst.

Sie fährt zurück, und wieder sitzt sie in der buntbemalten
Bahn, die sie nachhause bringen wird, nur eine kurze Stunde
weit und doch mit vielen kleinen Stopps.

Die Rückfahrt wird ganz anders sein. Nicht nur für sie selbst
geht ein Arbeitstag zu Ende, auch für all die Leute, die hier
neben ihr sitzen, auch sie haben ihre Arbeit getan, die
Manager, die tagsüber Geschäfte machten, diese Kaufleute,
die ihre Waren vermarkten konnten, die jungen Frauen nach
ihren erfolgreichen Einkäufen, die strebsamen Schüler, die ihr
Lernen für heute beenden durften, und all die anderen auch.

Jetzt ist Feierabend und eine Stimmung, die nach Entspannung
strebt, ist durchaus und nahezu knisternd zu spüren, in der
netten Eisenbahn mit ihren kornblumenblauen und so
einladend-bequemen Sitzen. Ein jeder, der hier Platz
genommen hat, geht seinen eigenen Interessen nach und
Marion beobachtet die Heimfahrenden gerne, gar nicht so
selten kann sie an feierabendlichen Themen und an kleinen

Szenen teilnehmen, aus der Nähe und diskret. Da ist manches, das berührt und manches, das belustigt oder auch erstaunt, manches will im Stillen bleiben und ist also nur mit halb-geschlossenen Augen oder luft-anhaltend zu bemerken, Marion bewegt sich dann nicht, denn der private Abstand, der geboten ist, ist einzuhalten, auch für sie. Ein Feierabend ist schließlich wohlverdient, manches bleibt verschlossen und für „die anderen" unsichtbar, eine Privatsphäre ist nicht zu verletzen, keinesfalls. Erlaubt ist allenfalls ein Fühlen, und sie, Marion, *hat* dieses „feeling": sie sieht durch das Verborgene hindurch.

Und so ist sie auch heute ungeduldig, und mit ihrem Herzen wartet sie auf das, was sich ereignen wird, hier, in der kleinen Bahn. Sie wird dann einen kleinen Anteil nehmen, ohne Neid, nur mit dem Herzen, denn für heute ist die Arbeit ja getan von ihr, und von den anderen Fahrgästen auch.

Das weißhaarige Paar

Das weißhaarige Paar sitzt in der Reihe vor der ihren, vor beiden steht ein großer Korb, er ist fachgerecht und fest geflochten und vollgefüllt mit Obst und Früchten und Gemüse. In allen Farben leuchtet es aus ihm, wie ein Geschenkkorb mutet er an. Marion erkennt die dicken Köpfe, Kohl- und Kraut- und Wirsingköpfe könnten es wohl sein, auch die verschiedensten Salate sind dabei und Kartoffeln sieht sie auch. Die Zugehörigkeit zu Arten oder gar zu Sorten kann sie bei einigen der Lebensmittel nur vermuten, der Umgang damit und mit einem hauswirtschaftlichen Wirken im Ganzen ist ihr praktisch fremd, Produkte zum ernährungspraktischen Verwenden hält sie nur allzu selten in ihrer Hand.

Das darf die Leserin und auch den Leser nicht verwundern, denn Marion kennt keinen Supermarkt von innen, von weitem nur hat sie zugesehen, wie Einkaufswagen an die Ladenkasse rollen und in der Menschenschlange, dieser „*langen line*", die Leute warten, bis sie an der Reihe sind. Für sie war das nie nötig, sie hatte sich davon befreit. Nicht, dass sie sich den Diensten mit den guten Gaben widersetzte, nein, das Gegenteil ist der Fall, Bewunderung empfindet sie für die Geschäftigkeit, ja Ehrerbietung könnte man es nennen. Und doch bedauert sie die so geduldig Wartenden, sie haben ja ein Ladenschicksal zu ertragen und zu tragen, nein, zu beneiden sind sie alle nicht, - und höchstens nur ein kleines bisschen:

Die roten Tomaten, grünen Gurken, bunten Paprika und gelb-orangen Möhren, umgeben von saftig-grünen Stängeln und Blättern, im fachgerecht und fest geflochtenen Korb vor ihren Augen lassen hier auch sie, die Ahnungslose, die saisonale-regionale Herkunft leicht erkennen, auch ein Laie tut sich da nicht schwer. Salate sind ihr vertraut, sie liebt deren Genuss, es gefällt ihr, wenn etwas knackig ist und köstlich serviert und mit Gartenkräutern garniert, von denen sie, Marion, nur eines solcher Kräuter wirklich kennt, es nennt sich Brunnenkresse.

Das weißhaarige Paar in der Reihe vor der ihren ist zartgliedrig und es wird sicher diesen Korb so voller guter Gaben weder tragen noch in seiner Fülle verwerten können. Aber die beiden Senioren haben das früher und eigentlich immer so gern getan, fast ein Leben lang, denkt sich Marion, und nun tun sie es in ihren Gedanken auch weiterhin.

Sie nehmen die Eisenbahn und ihren Korb und sie fahren in diese Stadt, und sie glauben, der Wochenmarkt warte auf sie. Es war schließlich fast ein Leben lang so. Sie füllen den Korb und sie fahren zurück und dann tragen sie ihren Korb heimwärts und in ihr Heim. Sie sitzen bequem auf den kornblumenblauen Sitzen im Zug und der Korb steht vor ihnen, mit Obst und Gemüse gefüllt, in so leuchtenden Farben lacht er sie an.

Das weißhaarige Paar ist zartgliedrig und er, der weißhaarige Herr, stützt sich auf seinen geschwungenen Stock, den man heute und anders als früher auch „Gehhilfe" nennt.

Und der Korb lacht sie an und sie, die Alten, sie lehnen sich aneinander und lächeln zurück. Sie halten sich an den Händen, Marion sieht es genau.

Mann in den besten Jahren

Auf der anderen Seite, auch in der Reihe davor, sitzt ein behäbig-kräftiger Herr. Marion hält ihn für einen Mann „in den besten Jahren". Gut gekleidet ist er, genau so, wie Geschäftsleute sich nun einmal kleiden.

Auf seinem Schoß und auf dem freien Platz direkt daneben sind Hefter und Akten gestapelt, frei liegende *„papers"*, um damit zu arbeiten, vor langer Zeit wurden sie *„Zettel"* genannt, sind mit engmaschigen Zeilen beschrieben und mit Anmerkungen in bewusst unterschiedlichen Farben versehen. Schwarze Ordner aus stabiler Pappe, jeder von ihnen mit einem beschrifteten Rückenschild fein und säuberlich beklebt, liegen vor ihm auf dem Boden, sie liegen nebeneinander, soweit die räumliche Enge das zulässt, sie liegen aufeinander und er hat sie auch neben sich aufgereiht, fast so als hätte er einen Turm bauen wollen. Sollte dieser jedoch bei der kleinsten Berührung schon umstürzen wollen, könnte ein papierenes Chaos drohen, Marion fürchtet es just in diesem Moment.

Sie kann unschwer erkennen, dass es sich hier um ein Arbeitssystem handelt, dass dieser Herr sich beflissen um eine Orientierung bemüht, und um ein Ordnungssystem auch. Es liegt auf der Hand, denkt sich Marion, die ja direkt hinter ihm sitzt, dass er noch etwas vollenden will, und dass er denkt, diese Heimfahrt dafür zu nutzen. Sicher hat er nicht nur einmal auf seine Armbanduhr gesehen, und sicher könnte er mit der Planung der Zeit und den sich hierfür doch angenehm und geschwind bietenden Möglichkeiten absolut einverstanden sein, er weiß doch wie jeder benachbarte Fahrgast, diese Bahn hat ihre vielen kleinen Halte-Stopps.

Aber auch sein Arbeitstag ist doch längst zu Ende, Marion ist ein wenig besorgt um ihn, er sollte sich hier und viel besser entspannen, das und nichts anderes ist der Sinn dieser Fahrt.

Ganz flüchtig schaut sie nun zu ihm hin. Er hat die Augen geschlossen. Dieser behäbig-kräftige Herr, ein Geschäftsmann, ein Mann in den besten Jahren, er arbeitet nicht. Aber er schläft, er verhält sich ruhig und bewegt sich kaum, und Marion, die sich um ihn gesorgt hat, kann ganz zufrieden sein.

„Unser Wille ist nur der Wind, der uns drängt und dreht:
weil wir selber die Sehnsucht sind,
die in Blüten steht."

... und ein klein wenig grün gesprenkelt

Eine knisternde Spannung liegt in der Luft und hält an. Der junge sportlich erscheinende Mann hat den Fensterplatz inne, genau da in der einen Reihe, auf der anderen Seite des schmalen Gangs. Er schaut aus dem Fenster, unentwegt, so als könne er seinen Kopf niemals drehen und so als gäbe es keinen anderen Blick.

Neben ihm sitzt dieses Mädchen, sehr jung ist es noch. Es hat hellblonde Locken, ein zartes Gesicht und rote Wangen und es ist nicht ganz gertenschlank, Marion sieht das genau, denn das Mädchen ist ja ihr Gegenüber, auf der anderen Seite des schmalen Gangs. Das Mädchen hat seinen Platz nicht am Fenster, sondern direkt neben dem jungen und sportlich erscheinenden Mann. Dass die beiden zusammengehören ist offensichtlich, nicht, weil sie nebeneinander sitzen, das tun ja auch andere Einzelpersonen und sind sich doch fremd, nein, weil sie eine *Wolldecke* ausgebreitet haben, auf ihren Knien und über beide hinweg. Direkt über den Schoß ist sie gelegt, und beider Arme sind darunter versteckt, so als wollten sie sich warm halten, obwohl es heute doch eine sommerliche Wärme ist, auch hier in der Bahn. Oder sind es nur beider Hände, die sich unter der Decke begegnen, irgendwie und auch irgendwo?

Die Decke ist eine Art *Kolter*, ja, jetzt fällt ihr der richtige Name auch ein, in dezenten Farben gehalten, dunkelgetönt *und ein klein wenig grün gesprenkelt.*

Oh ja, Marion weiß gut, was ein Kolter ist und kennt die speziellen Aufgaben, die nur ein solcher hat, dann und wann. Warum der junge Mann unaufgeregt aus dem Fenster schaut, so als gelte es nur die Augen abzuwenden vom Mädchen und von der Decke, will Marion nicht verstehen, besser wäre es doch, diese Decke keinesfalls hastig, sondern unaufgeregt zu verteidigen. Die Decke wendet sich doch zu ihm hin, vom Mädchen aus, ganz wie von selbst, - oder doch und nachgeholfenerweise?

Auf beider Schoß liegt sie, und sie ist in dezenten Farben gehalten, dunkelgetönt und ein klein wenig grün gesprenkelt, sie wird wärmen, und da es ja heute sommerlich ist, auch hier in der netten Bahn, wird sich dieser Effekt nicht vermeiden lassen.

Das leise Knistern hält an, und auch für Marion ist es zu spüren.

*

Der freundliche Schaffner macht seine Runde. Die Fahrgäste zücken artig ihre Tickets, auf dass er sie kontrollieren möge, das Stempeln, vormals als zwingend korrekt akzeptiert, ist nicht mehr nötig, das weiß Marion längst, auch wenn sie das nette Ritual vermisst.

Nun ist er bei der einen Sitzreihe angelangt, bei jener Zweier-Reihe, die ihren Kolter, diese wollene Decke so tapfer verteidigt. Er zögert, doch das nur für einen Moment, Marion beobachtet es ganz genau von ihrem so nahen Platz, dahinter. Sein Gesicht rötet sich sanft, und seine Ohren unter der Eisenbahn-Mütze auch. Dann wendet er sich ab. Für die beiden Fahrgäste in genau dieser Reihe ist die Ticket-Kontrolle nicht nötig, sie ist überflüssig geworden. Und er, der freundliche Schaffner, geht einfach weiter.

Marion meint, ein wenig traurig sehe er plötzlich aus. Vielleicht wäre er gerne noch stehengeblieben bei dieser Reihe, dort, bei der dezenten Decke.

Auch heute ist Marion zufrieden und sie ist angetan von einer schönen Fahrt, zurück in ihr Dorf. Das Reisen mit dieser so netten Bahn hält auch kleine Überraschungen bereit.

"Tage, wenn sie scheinbar uns entgleiten,
gleiten leise doch in uns hinein,
aber wie verwandeln alle Zeiten,
denn wir sehnen uns zu sein."

Die zweifarbigen Schuhe

Daheim angekommen, zieht sie die Schuhe aus. Es sind ihre *zweifarbigen* Schuhe, die sie heute getragen hat. Damit die Leserin und der Leser dem Sinnhaften, das ein „Paar von Schuhen" für Marion hat oder auch nicht, leichtherzig zu folgen vermögen, ist doch eine kleine Erläuterung gut.

Der Schuhschrank ist gut bestückt und sie kauft gerne Schuhwerk ein, die Schuhe, die sie erwirbt und trägt, wählt sie sich stets mit Bedacht. Nicht, dass sie eitel wäre, an Designer-Schuhen ist sie kaum interessiert, aber an einer Schuhmode doch und an Lieblingsmodellen auch. Marion ist gern *up-to-date*.

An den meisten Tagen sind es bequeme Schuhe, die sie favorisiert, sie liebt Sportschuhe und Sneakers, Stiefel und Walking-Schuhe und Boots, und am liebsten trägt sie die Birkenstock-Schuhe, weil sie so herrlich lässig sind, dass sie die Schuhe fast schon verehrt, am liebsten trüge sie diese Sandalen von früh bis ganz spät.

Glatt müssen die Schuhe sein, und ihren Ansprüchen genügen auch die ganz flachen Schuhe, sie nennen sich „Slippers", die aufgeklebte Blume darauf ist schön, und sie erfreut sich auch an den schwarzen Schuhen, es sind die mit dem zierlichen Absatz, die sie ihre „Tanzschuhe" nennt, obgleich sie ja niemals tanzt.

Marion besitzt also Schuhe, fast ist es ein ganzes Sortiment.

Ein einziges Paar aber fällt ganz aus dem Rahmen, denn diese Schuhe trägt sie stets nur mit Bedacht, nicht zufällig, sondern gut überlegt, an Tagen mit einem besonderen Sinn.

Es sind ihre zweifarbigen Schuhe. Sie hat sie auch heute getragen. Ihre zweifarbigen Schuhe sind in den Farben *Grün* und *Orange*, und einen kleinen Absatz haben sie auch. Marion trägt sie nur wohlüberlegt. Ausgewählte Anlässe bieten sich an, an manchem Tag und wenn der Tag eine besondere Bedeutung hat, möglicherweise zählen auch Lebenslagen dazu und kommen in Frage:

Zweifarbige Schuhe sind nicht leicht zu finden, Marion hat lange suchen müssen, es gibt viele Nuancen in Farben und Form. Sie hat ihre Schuhe gefunden und ihre Schuhe sind zweifarbig, sie sind Grün und Orange, und aus weichem und duftendem Led*er.*

*

Zweifarbige Schuhe, grün und orange, haben *eine verändernde Kraft*, und Marion hat diese Kraft freudig erfahren. *„Heute trägt sie die zweifarbigen Schuhe"!* rufen sich ihre Schüler zu, dann und wann. Das war auch heute so.

Sie hat sich die Schuhe vertraut gemacht und trägt sie nicht oft aber selten, sie trägt sie zuweilen und wohldosiert. Die zweifarbigen Schuhe sprechen zu ihr und sie machen Mut für die Dinge, die sie so gerne tut. Sie helfen ihr unterwegs zu sein und wenn ein Platz schwer zu betreten sein könnte, helfen sie mit dennoch aufzutreten, leichtfüssig und mit schwungvollem Schritt.

Zweifarbige Schuhe, grün und orange, haben eine verändernde Kraft, die man auch helfend nennen könnte, und Marion har diese Kraft freudig erfahren. *„Heute trägt sie ihre* *zweifarbigen Schuhe"!* rufen sich ihre Schüler zu, dann und wann. Das war auch heute so.

Daheim angekommen zieht sie die Schuhe aus. Jetzt ist Schluss, das war's dann für heute, nun endlich *„the last chapter"*, das sagt sie so gerne zu sich.

Auf ihrem Heimweg hatte sie Blumen gekauft und sie stellt diese Blumen in Vasen, exakt und gekonnt, drei Vasen sind es, und mit den Blumen sorgt sie stets vor, sie vergisst diesen Auftrag, den sie sich selbst erteilt hat, nicht, niemals dürfen sie fehlen in ihren Vasen.

Marion liebt alle Blumen, aber am meisten die Blumen in den persönlichen Farben: leuchtend *orange* sind die Blüten, und die Blätter sind munter und *grün*.

Dann hört sie noch ein wenig Musik. Es sind ihre Lieblingsmelodien, am liebsten wählt sie sich immer die gleichen aus und am liebsten würde sie selbst dirigieren.

Das Telefon blinkt, doch sie nimmt es nicht ab, manche Dinge mögen doch warten, denn *schließlich: morgen ist auch ein Tag*.

*

Zweifarbige Schuhe haben eine verändernde Kraft und Lebensträume und Sehnsüchte träumen sich besser für den, der sie trägt. Diese Träume sind dann „mitten im Leben", weiß Marion,- so ganz anders als die Träume der Nacht.

Sie lacht, wenn sie an ihre Schuhe denkt, die sie, daheim angekommen, ausgezogen hat. Mit diesen Schuhen auf einem kleinen und feinen Absatz für jeden Schuh, lässt es sich so gut aufrecht stehen, es steht sich mit ihnen ein bisschen fester.

Größer ist sie, Marion, dann auch, sie muss sich nur ein bisschen recken.

Ein alter Drahtzaun

Es ist ein sehr steiler Weg nach unten. Eine freundliche ältere Dame hatte die Unentschlossenheit beobachtet.

Den Weg dürfen Sie nicht gehen, hatte sie besorgt gemeint, *er ist zu gefährlich, sie könnten sehr leicht stolpern. Sogar der Bürgermeister hat neulich davor gewarnt. Es gibt doch einen bequemeren Weg nach unten, dort drüben.*

Ein alter Drahtzaun gibt den Blick frei auf einen verwilderten Garten. Er muss sehr alt sein, so wie er sich zeigt. Bizarre Sträucher und Büsche und auch viele Dornen sind darin zu sehen. Verrostete Stühle und ein rostiger Tisch lassen unschwer erkennen, dass dort wohl schon lange niemand mehr gesessen hat.

Doch da lohnt sich ein Blick zur Rechten hin, zu dieser Burg, hochoben ist sie gelegen, eine Fahne ziert sie im Wind. Marion weitet ihren Blick. Die Fahne weht. Sie ist zu sehen bis hinunter ins Tal.

Der alte rostige Drahtzaun, vor dem sie eben steht, ist zerrissen. Aber ein grosses weißes Emaille-Schild, das eine Inschrift trägt, hält sich noch tapfer an ihm fest:

Geh' aus, mein Herz, und suche Freud'
in dieser lieben Sommerzeit
an deines Gottes Gaben,

schau an der schönen Gärten Zier
und siehe, wie sie mir und dir
sich ausgeschmücket haben.

Der steile Weg war auch für Marion beschwerlich, aber er führte an Weinbergen vorbei und zur Rechten reckt sich die Burg. Marion schaut nun noch genauer hin. *Nicht nur eine einzige Fahne*, die dort weht, ziert diese Burg im Wind und ist dort oben zu sehen, und bis hinunter ins Tal.

Nein, vorhin hatte sie sich beim Schauen getäuscht, *unzählige Flaggen* sind es ja eben die wehen, mit Motiven und Bildern sind sie reichlich bedruckt und in leuchtenden Farben bunt dekoriert.

Und nun sieht sie es plötzlich und sie ist sich ganz sicher: es sind *die Farben der ganzen Welt*.

Texthinweise und Anmerkungen

Gedichte und Zitate im Text sind von *Rainer Maria Rilke*, wenn nicht anders angegeben.

Erzählung: Handgestrickte Bilder

S. 17: St. Exupéry: Der kleine Prinz.

S. 19: Peter Härtling: Nachgetragene Liebe.

S. 54: Nicole: Deutsche Schlagersängerin.

S. 54: Reinhard Mey: Deutscher Musiker.

Erzählung: Nachgedachte Welten

S. 61: „Man kann nicht *nicht* kommunizieren" gilt als einer der wichtigsten Leitsätze des Kommunikationswissenschaftlers Paul Watzlawick (1921-2007).

S. 66: Eine Trisomie ist ein medizinisch definiertes Syndrom.

S. 74: Texte und Lieder aus dem katholischen Gesangbuch „Gotteslob".

S. 78: Lioba Munz (1913-1997) lebte und wirkte als Ordensfrau (Benediktinerin) und Künstlerin im Bistum Fulda.

S. 85: Choräle. Texte und Melodien aus dem kirchlichen Liederschatz.

Erzählung: Weites buntes Land

S. 93: Klassisches Kinderlied/ Deutsches Volkslied. Text-Musik: unbekannt.

S. 110: Deutsches Volkslied. Text: Wilhelm Hey (1837), Musik unbekannt.

S. 140: Amazing Grace: Der Text (1779) erzählt von „Gottes Gnade". Die heute weltweit bekannte Melodie des Kirchenliedes erschien erstmals in einem Gesangbuch von 1831.

S. 140: Time to Say Goodbye: Weltweit bekanntes Lied, ursprünglich italienischer Herkunft. Interpretiert derzeit vor allem von Andrea Bocelli und Sarah Brightman.

Erzählung: Die zweifarbigen Schuhe

S. 146: Slogan der Volks- und Raiffeisenbanken

S. 151: Bibel, Neues Testament, Evangelist Matthäus/Gute Botschaft: Es gibt nur zwei Pforten und zwei Wege. Einen Mittelweg gibt es nicht. Man soll durch die breite Pforte auf einen Weg gehen, der dieselben Kennzeichen trägt wie die Pforte, er ist breit und bietet Platz für eigene Gedanken und das eigene Ich. Einen Mittelweg gibt es nicht.

S. 156: Wie weit ist es nach Jerusalem?: Johann Peter Hebel, deutscher Schriftsteller (1760-1826).

S. 166: „Schliesslich, morgen ist auch ein Tag": Margaret Mitchell. Vom Winde verweht. Letzter Satz.

S. 167: Geistliches Sommerlied von Paul Gerhardt, evangelischer Theologe, erstmals in einem Gesangbuch veröffentlicht 1653.